シフォン文庫

巫女は初恋にまどう

王に捧げる夜の蜜戯

あまおう紅

集英社

巫女は初恋にまどう
王に捧げる夜の蜜戯

目次

イラスト／カキネ

巫女は初恋にまどう
王に捧げる夜の蜜戯

プロローグ

石造りの贅沢《ぜいたく》な部屋に、くちゅくちゅという音がひめやかに響く。

「や、いやぁ……っ。も、もう……！」

やめてほしいと、先ほどからずっと訴えているのだが、どうにも力の入らない声のせいか、相手には歯牙《しが》にも掛けてもらえない。

一体どうしてこうなったんだろう？　ミュリエッタの頭の中は、そんな疑問でいっぱいだった。

「う、……あぁ……っ、……あ、も、ダメぇ……っ」

部屋の真ん中あたりに置かれた椅子《いす》。ミュリエッタはその椅子の肘掛《ひじか》けに両脚をひっかけ、大きく足を開いた状態で、着衣を乱している。足を閉じたくとも、その前に膝をついている男の身体《からだ》が障害となり、かなわないのだ。

白絹の衣はすっかりはだけられ、オレンジのように形よく張りつめた胸がふたつともさらされている。赤く濡れて尖った先端は、長く器用な指で先ほどから嬲《なぶ》られ続けていた。もう片方の先端には、男が吸いついている。

まるでそれが蜜をしたたらせる果実でもあるかのように、彼はさもうまそうにそれを口に含み、舌を這《は》わせ続けていた。

「ふぁぁ……っ、ぁ、……や、吸っちゃ……いやぁ、……っ」

慣れた男の口淫《こういん》に、初めて悦楽《えつらく》を経験するミュリエッタはひとたまりもなかった。

しかし彼の方はといえば、顔色ひとつ変える様子がない。

ミュリエッタは、彼が自分の裸の胸を見ているというだけで、恥ずかしくてたまらなくなるのに。胸の先端に吸いついている様を見て、ぐつぐつと沸騰《ふっとう》しそうなほど、顔が赤くなってしまうのに。

それだけではない。彼の利《き》き腕である右手は、ミュリエッタの足の付け根――もっとも奥まったところにふれていた。ちゅくちゅくと音を立てているのはそこだ。

蜜をぬりこめるようにして秘芽をつまんでは押しつぶし、そしてまた別の指が蜜壺《みつつぼ》の中に潜り込んで、淫《みだ》らな水音をたてながら気ままに探索している。自分の秘処《ひしょ》に彼の指が埋め込まれている。そして中でうごめいている。

それは目眩《めまい》がするほど不埒《ふらち》な光景で……、しかし不埒と思えばこそ、そこははしたないほどに蜜をしたたらせる。

「はぁっ、……あ、ぁっ……、あぁぁ……！」

寄せては返す官能のうねりに、たまらず身体を痙攣《けいれん》させた。他につかまるものがなく、彼の肩にしがみつくと、彼はミュリエッタの頬《ほお》にくちびるを寄せてささやいてくる。

「ミュリエッタ、返事は……？」

静かな声が、たったひとつの答えを求めて、先ほどと同じ問いをくり返した。

つい先刻まで大好きな声だった。名前を呼ばれるだけで、胸が弾んでしかたがないほど。

しかしいまは、耳に心地よく響く低音が恨めしい。

（こんなのあんまりだ……）

好きな人がいるくせに。世界で最も大切な人と、すでに他人の入りこむ余地などないほど深い関係を築いているくせに。

ミュリエッタの処女《おとめ》を散らす役を自分にまかせてほしいだなんて。

しかし幾度も昇りかけては、頂《いただき》に達する手前で引き戻されてしまう彼の淫戯《いんぎ》に、ミュリエッタはもう耐えることができなかった。

「ミュリエッタ、さぁ――」

何度目かの問いで、ミュリエッタはついに陥落する。

「す、する……っ。エレクテウスと、するからっ――あぁ……んんっっ」

返事は、押しよせてきた官能の波に途切れてしまう。そして彼の申し出を拒《こば》んでいたミュリエッタの心は、砂のようにさらさらとくずれていった。

いずれ彼は恋人の元へ戻っていき、ミュリエッタは他の人と肌を重ねることになる。ならば最初から、彼と分かち合う快感など知らない方がいい。そう思っていたというのに。その思いは強引な淫戯の前にあっさりと覆《くつがえ》されてしまった。

どうせなら、彼への想いも同じように奪い取ってくれればいいのに……。

胸を引きしぼられるような甘い痛みに、ミュリエッタはきつく目を閉じる。

その頬に、彼はなだめるように軽く口づけた。

1章

「こうして……、こうして……、こう……。こうなって……、ここでこっちに、こう！」

白大理石の床を蹴《け》って、ミュリエッタは一気に前へと跳んだ。やわらかな衣の裾《すそ》がひるがえり、大きくめくれ上がる。

革のサンダルをつけた足が、膝上まであらわになった。そのことに気づいて、あわててきょろきょろとあたりを見まわす。

（よかった、誰もいない……）

廊下《ろうか》を歩きながら、つい先ほどまで稽古《けいこ》をしていた舞の復習をしていたのだが、熱が入ってしまった。

誰かに見られて、彼の耳にでも入ったら大変だ。また子供じみたふるまいがどうとか言われてしまう。

ミュリエッタは足を止め、乱れた衣の襞《ひだ》を手早く調えた。するとその時。

「さっきエレクテウスさまを見かけたわ」

ふいに上がった声にぴくりと耳をそばだたせる。

広い柱廊《ちゅうろう》には、男性の腕でもひと抱えほどもある柱が何本も連なっている。そのうちのひとつに身を寄せて様子をうかがうと、同輩の少女が数名、こちらに向けて廊下を歩いてくるところだった。

たっぷりと襞を取った内衣《キトン》と、その上にまとう刺繍《ししゅう》たっぷりの丈短《たけみじか》な外衣《ヒマティオン》。神殿に集《つど》う巫女《みこ》達の装束は、生地や刺繍糸に多少の色を使っているとはいえ、全体的に白を基調としている。

清らかな衣をまとった少女達は、しかし年相応に屈託《くったく》ない様子で、おしゃべりに夢中になっていた。

「どこでどこで？」

「神殿の内房《カタゴギオン》からこの巫女の殿舎にやってくる廊下で。また例によって神殿長さまから用事でも言いつかって、イリュシアさまのお部屋に向かわれるところだったんじゃない？」

「いいなー、わたしも見たかった！」

くやしがる少女の言葉にミュリエッタは深くうなずいた。まったく同感である。

基本的に巫女と神官の生活圏には距離がある。彼がこの、巫女のための殿舎にやってくることはまれだ。

（舞の稽古をもっと早く切り上げてくれればよかったーっっ）

そうすれば一目だけでも姿を見られたかもしれないのに。ミュリエッタは後悔をぶつけるように、ぎゅぅっと太い柱に抱きついた。

（もう、ひと月くらい会ってない……）

嘆息《たんそく》するミュリエッタには気づかず、巫女たちはにぎやかに柱の前を通り過ぎていく。

「エレクテウスさまが神殿執政官に昇格されて、一般の参拝者の前に姿を現さなくなってから、女性の寄進者がごっそり減ったらしいわ」

「このところ女性参拝者はみんなエレクテウスさま目当てだったものね。生まれと見目のいい神官なら他にもいるけれど、エレクテウスさまはその中でも群を抜いて目立つから……」

「あの、丁重なんだけどちょっと冷たいところがいいのよね！　つれない態度は女を燃え立たせるものよ」

「なのに恋愛に関しては嫉妬《しっと》深いっていうのがもう！　あの人、自分以外の神官をイリュシアさまに近づけないために執政官になったっていうじゃない」

「さもありなんって感じ。お二人は本当に親密でいらっしゃるもの」

「あーあ。一日でいい。ほんの一時でいいから、イリュシアさまになってみたいわー。王族の姫君で、おまけにこの国の女性の中でもっとも高貴な聖巫女として、エレクテウスさまの愛と尊敬とを一身に受けてみたい……」

夢見がちにつぶやく声へ、別の声がけらけらと返した。

「あら、私はミュリエッタになりたいわ」

いきなり出てきた自分の名前に、ミュリエッタは翡翠《ひすい》色の大きな瞳を見開いた。

（わ、わたし……？）

「子供の頃にあの方と一緒に暮らしていたなんてうらやましいわ。妹みたいに大事にされるのって気楽でいいじゃない？」

「そう？　わたしは大勢の中の一人でもいいから、やっぱり恋人がいいわ。あの顔と身体に、情熱的に愛されてみたい！」

重なって響く笑い声を見送りながら、ミュリエッタは憮然《ぶぜん》としてしまった。

（気楽だなんて――）

こっちの事情も知らないで、簡単に言う。

（妹みたいにもそれなりの苦労があるんだから！）

ミュリエッタはどっしりとした大理石の柱に、軽く拳を打ちつけた。

彼女達の言う通りエレクテウスとは、彼が十三歳で神殿に入るまで一緒に暮らしていた。そういう点ではお互いに特別な存在だ。

だがそれは同時に、兄妹のような関係以外には発展しえないことを意味する。

そう……たとえ一方が相手に恋をしていたとしても。

（他人として出会ってたら、何か変わったかな……？）

少し考えて、心の中で否定する。もしそうだったら視界にも入らずに終わっていただろう。

（エレクテウスはそのへん、ほんと冷たいから……）

ぴたりと大理石の柱に抱きつく。そこに頬をすりつけて、息をついた。

「はぁー……」

そのとき、ふと人の視線に気づく。

ハッと顔を上げれば、行く手で見知らぬ青年がじーっとこちらを眺めていた。ミュリエッタはあわてて柱から身を離す。

（し、しまった。おかしな子って思われたかも……）

何食わぬ顔で歩き出し、廊下を進んでいくと、青年はまだこちらを見ていた。

（なんだろう？）

身につけているのは、身体の線に沿って裁断して縫製《ほうせい》された衣服。このあたりでは見かけない装束だ。おそらく遠方の国から交易船に乗って訪れた異邦人《いほうじん》だろう。

周辺諸国の中で随一《ずいいち》と名高い、メレアポリスのアシタロテ神殿を見物に来て、どこからか迷い込んだようだ。

「あの……」

声をかけると、相手はびくりと肩をゆらした。

「はっ、はい……！」

「ここは神殿の奥殿《オイコス》です。神官や巫女達が生活するための場で、一般の方の立ち入りは禁じられています」

「あ、そ、そうでしたか。すみません、歩いてたら戻れなくなって……」

青年の言葉には時折、聞き慣れない響きが混ざる。やはり異邦人だ。

「参拝できるのは前廊《プロナオス》までです。ご案内しましょう」

そう言って歩き出すと、青年はどこかふらふらとした足取りでついてきた。

前廊《プロナオス》というのは神殿の玄関に当たる部分で、誰でも参拝できる大きな祭壇《さいだん》がある。その先に寄進者のみが立ち入りを許される内房《カタゴギオン》と呼ばれる施設があり、さらにその先に神官や巫女の暮らすこの奥殿《オイコス》があるのだ。

生活の場といえど神殿の一部であるため、壁には神話の中の神々の姿が、人の背丈よりも大きく躍動的に浮き彫りにされている。柱の下に時おり置かれている飾り壺《アンフォラ》は、異国から献納された希少なもので、見事な彩色が凝《こ》らされていた。

そして風わたる柱廊には、そこここの香炉《こうろ》で焚《た》かれている香油の、馥郁《ふくいく》とした香りがただよっている。

「さすがは愛と豊饒《ほうじょう》の女神アシタロテを奉じているだけある」

賞賛のこもった青年の言葉に、ミュリエッタは誇らしい気分でうなずいた。

この国――メレアポリスは、南海沿岸の都市国家である。入植の末に建てられた歴史の浅い国ながら、海上交易の要衝《ようしょう》として他の追随《ついずい》を許さない繁栄《はんえい》を誇るのは、多くの国が主神とする大神ベリトではなく、その妻にして愛と豊饒《ほうじょう》の女神アシタロテを熱心に奉じているためと信じられていた。

現在、メレアポリスの成功にあやかろうと、主神をアシタロテに変える都市がいくつもあるという。つまりこの神殿は、いわば周辺国のアシタロテ信仰の総本山でもあるのだ……。

そんな説明をしながら柱廊を先導していると、かたわらを歩いていた青年が熱心な眼差《まなざ》しでこちらを見ていることに気づいた。

（目が悪い人なのかもしれない）

視力が弱い人は、こういうふうに食い入るように物を見る。

（気の毒に……）

せめてやさしくしてあげよう。ミュリエッタはにっこりとほほ笑んだ。

「ここをまっすぐ進めば前廊《プロナオス》ですが……念のためご一緒しましょうね」

すると青年は、腰が砕けたようにその場でたたらを踏んだ。

「あっ、大丈夫ですか⁉」

「す、すみません。ちょっとつまずいてしまって……」

「……そうですか」

（つまずくようなものなんかあったっけ？）

不思議に思って後ろを振り返るミュリエッタへ、青年はごまかすように口を開いた。

「あの、この神殿では『聖婚』の儀式が行われていると耳にしたのですが……」

ふいの質問に、少しどきりとする。

「……はい。その通りです」

「では、その……」

青年はごくりと喉《のど》を鳴らした。そして緊張しきったような、うわずった声で続ける。

「……申し込めばあなたがお相手をしてくださるのですか？」

（――いえ、残念ですが……）

そう答えようとした、その時。

「いいえ」

すぐ近くで、ミュリエッタではない人物が、強い口調で応じた。

「――!?」

低く、よく響く男の声に、ミュリエッタの心臓がひときわ高く跳ね上がる。あわててそちらを見ると、

「エレクテウス……ッ」

ミュリエッタはぱっと顔を輝かせた。悠然《ゆうぜん》とした足取りでこちらに近づいてくるのは、五つ年上の遠い親戚《しんせき》である。

やや長めの黒い髪に、眦《まなじり》がすっと切れ上がった紫の瞳。端整な顔立ちはいつも少し冷ややか

で、何事にも動じない沈着な性格が一目で見て取れる。

彼は均整のとれた長身に優美な貝紫《かいむらさき》染めの内衣《キトン》をまとい、丈の長い白絹の外衣《ヒマティオン》をその上に打ちかけていた。真珠《しんじゅ》のように光をはらんだ純白の外衣《ヒマティオン》は、袖《そで》と裾《すそ》に金糸で刺繡《ししゅう》がほどこされており、気品のある立ち姿に花を添えている。

ひと月ぶりに目にするそのまばゆい姿に、ミュリエッタは淡いため息をついた。

まだ若いながら神殿執政官という要職に就《つ》いている彼は、子供の頃からミュリエッタのあこがれである。

小さな頃は兄として。そしていまは……好きな人として。

「エレクテウス――」

弾む足で近づいていくと、彼はミュリエッタの肩に手を置き、奥殿《オイコス》の方へ追いやるように強く押してきた。そして鋭利な紫の眼差しを青年に向け、きっぱりと告げた。

「聖婚の勤めに従事するのは大人の巫女のみ。この子はまだ成人の儀を受けていない半人前の巫女見習いですので、あなたがどれだけ寄付金を積もうと身を捧げることはありません」

＋＋＋　　　　　　　　　＋＋＋

聖婚とは、寄進と引き替えに相手と床《とこ》を共にするという、神官および巫女の勤めのひとつである。

国力が人口に比例する現在、民が増えれば国土は拡大し、より多くの物が生産され、より富《と》んでいく。より大きな兵力を有し、より広範囲での交易の展開につながる。つまり男女の情交は、国の繁栄《はんえい》を加護する女神の望みにかなうものとされていた。

中でも神職の者による聖婚は、愛――ことに性愛を司《つかさど》る女神への奉納であり、また繁栄の恵みにつながる神聖な儀式でもあるのだ。

神殿に一定の金銭を献《ささ》げれば誰もが与《あずか》ることのできる恩寵《おんちょう》だが、その際、相手となる巫女を指名できるのは国を統《す》べる王のみ。通常、相手を選ぶことはできないしきたりだ――

（……って説明すればよかったんじゃないの……？）

奥殿《オイコス》に向けてエレクテウスにくっついて廊下《ろうか》を歩きながら、ミュリエッタはむーっとふてくされていた。

「半人前って……あんなにはっきり言わなくてもいいのに……」

ひと月ぶりに会ったというのに、開口一番の言葉が半人前だなんてあんまりだ。

「わたしだってもう、いつ神殿長様から成人の儀のお声がかかってもおかしくないんだから……」

ぶつぶつと文句を言っていると、前を歩いていた長身が肩越しにふり返る。

「その前にもう少し大人にふさわしい判断力を身につけることだ。せめて人気《ひとけ》のないところでよそ者の男と二人きりにならない程度の」

「道に迷ってたみたいだから案内しただけよ」

「そんなかっこうで？」

「あ……」

言われて初めて、ミユリエッタは身につけている服を見下ろした。

巫女の衣裳は、市井《しせい》の娘達の衣服と比べると布地がやわらかく、薄く、身体《からだ》の形をはっきり見せる作りなのだ。アシタロテ神殿においては、女性が身体の美しさで男性を魅了するのは、決して悪いことではない。むしろ繁栄という女神の恵みを得るにあたって、良いことであるとされている。

よって普段は誰も問題視しないのだが、たしかに何も知らない異邦人の目には、ふしだらと映るかもしれない。

（でも……でも――っ）

ミユリエッタはせめてもの思いで言い返す。

「みんな同じかっこうだもの。わたしだけじゃない！」

「だから他の巫女は自分で声をかけずに神官に任せるんだろう」

さっくりと返されてしまい、言葉を詰まらせる。それからくちびるを尖らせた。

神官と巫女の殿舎は庭園をはさんで左右に遠く離れており、双方の行き来はない。例外は今日のように、高位の神官である彼が、仕事で聖巫女であるイリュシアのもとへやってくるときくらいである。

なかなか会うことができないというのに、どうしてこう間が悪いのだろう?

(もう、最悪……!)

もちろん、注意してもらえるだけましなのだと自覚はしている。どうでもいい相手に対して、彼は決して余計な小言《こごと》を口にはしないのだから。とはいえ。

(せっかく久しぶりに会えたんだから、もう少し言葉を選んでくれればいいのに……)

そうすればミュリエッタだって、もう少し素直に謝ることができるのに。

素直でない態度しか取れないことに、自分で泣きたくなってくる。

ミュリエッタはぷいと横を向いた。

「でも、いい人そうだったもの」

「多少年を重ねた男なら、おまえみたいな子供をだますのは朝飯前だ」

「もぉぉ、子供子供って言わないで! エレクテウスに女の人をだますなんて無理よ。全然女心がわかってないんだもの!」

「女心……?」

「あ、いま鼻で笑った! ひどいっ」

つかみかかろうとしたところ、相手はひょいと身をかわした。そのせいで均衡《きんこう》をくずしそうになったミュリエッタは、とっさに手をのばして彼の袖《そで》をつかむ。

「ちょ、逃げないで！」

腕にしがみつくようにして言うと、彼はぴたりと動きを止め、自分の袖からミュリエッタの手をそっと外した。

「……こういうところが子供だというんだ。そうそう気軽に、男にふれるものじゃない」

「心配しなくても他の人にはやりませんー。エレクテウスにだけよ」

ぷうっとふくれて返すと、彼は外したミュリエッタの手を取ったまま、紫の瞳をわずかに見張る。

（わぁ……、きれいな目――……）

ついつい見とれてしまった。そして彼に手をつかまれていることに、いまさらのように気づく。ふれるなと注意しておきながら、どうして放さないのだろう……？

心の中で首を傾《かし》げつつ、すっぽりと自分の手を包み込む大きな手の感触に、じわじわと頬《ほお》が朱に染まっていった。

そこへ、くすくすくす……という笑い声が滑り込んでくる。

水晶を打ち鳴らすように響く、透明で柔らかな声。見れば、この神殿においてもっとも高貴な女性が、周りに巫女を従えて現れた。

エレクテウスがはっとミュリエッタの手を放し、居住まいを正してそれを迎える。

「姫……」

「イリュシアさま……！」

　エレクテウスと同じ、輝くばかりの白絹の外衣《ヒマテイオン》と、肌を洗う薔薇《ばら》水の香りをほのかにまとったその女性こそ、この神殿の頂《いただき》に立つ聖巫女その人であった。

　春の日差しのような金褐色《きんかっしょく》の瞳にやわらかな笑みを浮かべて、イリュシアは大理石の廊下をゆっくりと近づいてくる。その頭には、ゆるやかに波打った長い金の髪の毛を押さえるようにして、細冠が輝いていた。

　金銀の鎖をより合わせてしつらえられた細い冠は、巫女の証《あかし》。

　メレアポリスの前国王クレイトスの娘であるイリュシア王女は、現在の国王イロノスの姪《めい》である。わずか八歳のときに、この国の信仰の要《かなめ》である聖巫女の地位に就《つ》いて以来、十五年の長きにわたって民の精神的な拠《よ》り所《どころ》としての役割を果たしてきた。

　しかし人柄はいたって温厚で、誰に対しても丁寧《ていねい》な態度をくずさない。

　その彼女が、普段は見せないような咎《とが》める眼差《まなざ》しで、かしこまる神官をたしなめた。

「私もミュリエッタの意見に賛成よ、エレクテウス。あなたはもう少し女性への言葉遣いを学ぶべきね」

「お言葉ですが、姫。女性への言葉遣いなら心得ております」

「それならミュリエッタへの言いようも、少し改めてちょうだい。彼女は先の聖巫女オーレイティアさまの娘で、私に仕えてくれている大切な巫女見習いなのよ」

「それもよく心得ております。オーレイティアさまには私も大変お世話になりました」

エレクテウスは生まれてすぐに親を亡くし、遠い親戚《しんせき》であったミュリエッタの母オーレイティアに引き取られたのだ。物心がつくかつかないかの頃に神殿で暮らし、その後子供を身ごもったオーレイティアが聖巫女の地位を退いたため、ともに彼女の実家に移り、そこで生まれたミュリエッタと兄妹のように育ったのである。

「兄代わりを自認していればこそ、私はミュリエッタを一人前の巫女とすることに熱が入るのです」

エレクテウスが静かに応じる。その声はミュリエッタに対する時とちがって、うやうやしい尊敬に満ちていた。

そもそも、イリュシアと相対するときのエレクテウスは心もち語調が弱くなる。誰に対しても冷たくて辛辣《しんらつ》な眼差しが、彼女を前にすると少し穏やかになる。

(なによ、うれしそうな顔しちゃって……)

ちらともこちらを見ない横顔を見上げながら、つまらない気持ちになった。つんつん、と彼の袖《そで》を引っ張りたくなる。

エレクテウスは、イリュシアには決して皮肉や嫌味を言わない。言うような欠点がないのだ。

彼女はどんな人も魅了し、自然に尊敬の念を抱かせる希有《けう》な女性であり、そしてまたミュリエッタが敬愛してやまない主でもあった。

この世でただ一人、エレクテウスが心を奪われるのも無理はないと思える相手。

そのまましばし和《なご》やかに談笑する二人を、なんとか笑顔を浮かべて見守った。

二人とも大好きだから、この想いは封印しよう。ミュリエッタは、もうずいぶん前にそう決めていた。

エレクテウスを慕《した》う気持ちは、長い年月をかけてミュリエッタの中で固く結実し、胸の奥で宝石のように輝いている。それを大切にして生きていこう。

自分でそう決めたから、胸を灼《や》く小さな痛みにも笑顔でこらえる。

胸の宝石を大事に、誰のものでもない神の乙女《おとめ》として、求められる勤めを果たしていくのだ。

それが、亡くなった母やイリュシア、そしてエレクテウス……ミュリエッタの大切な人たちのために選ぶことのできる、たったひとつの道なのだから。


廊下でエレクテウスと別れ、従えていた他の巫女達を先に行かせてしまうと、イリュシアの口調は急にくだけたものとなった。

「気にすることないわ。私の目から見て、あなたはもう立派な巫女よ」

やわらかく言って、彼女はおっとりとほほ笑む。ミュリエッタは、その輝くばかりの美しい笑顔から力なく目をそらした。

「ありがとうございます、イリュシアさま。そのお優しい言葉だけでなぐさめられます……」

「私の言葉を信じないの？」

「だって神殿長さまから、なかなか成人の儀のお声がかかりません。同じ年の子達はどんどんすませていくのに……」

通常、神殿に入った少女は二、三年の見習い期間を経て成人の儀を受け、晴れて正式な巫女となる。にもかかわらずミュリエッタだけは、なぜか成人の儀が遅れているのだ。

「あぁ、それは――……」

何かを言いかけたイリュシアが、ふと口をつぐむ。それからはげますように手を取ってきた。

「……たぶん何か事情があるのよ。気長に待ちなさい。きっといいようになるから」

奇妙な確信をこめて言い、彼女はそっと手を離した。

「そうだわ、ミュリエッタ。あなた、野外劇場での奉納舞に興味ある？」

「奉納舞をするんですか？」

「ええ。いま、エレクテウスを通して神殿長さまからご相談があったの。国王陛下が近々また戦《いくさ》に赴《おもむ》かれるそうで、巫女達による戦勝祈願の舞をご所望《しよもう》らしいの」

「そうなんですか……」

奉納舞は、王宮と神殿の間にある大きな野外劇場に祭壇《さいだん》をしつらえ、容姿と踊りの技量に秀でた巫女達の舞を捧げてアシタロテの加護を願うものだ。

巫女達は、高価な衣裳と細工の見事な装飾品を身につけ、きれいに化粧《けしょう》をしてのぞむ。神殿の威信をかけた彼女達の舞は、国中でもっともはなやかで美しい舞台と名高く、昨今では神への祈願というより、将や兵士達の戦意高揚《こうよう》の意味合いが強い。見る者の目を楽しませる神事として、武人や宮廷人だけでなく、市井《しせい》の人々にも人気が高かった。

もちろんミュリエッタも大好きである。

「私も劇場に連れて行ってくださるのですか？」

「ちがうわ。あなた、舞手になるつもりない？」

「えぇっ」

「もし出たければ推薦《すいせん》するわ」

「私が……ですか……!?」

突然の申し出に息を呑《の》む。これ以上は吸えないというほど呑んでから、か細くはき出していった。

「……本当に……？」

巫女の中には実力のある舞手がたくさんいる。またミュリエッタはまだ見習いであるため、本来なら資格がないはずだった。だから今まで一度も、自分が出られるなどとは考えたことがなかったのだ。

しかしイリュシアは、おっとりとうなずいて笑う。

「あなたが毎日、みんなとの稽古《けいこ》の前後に一人で練習していること、ちゃんと知っているわ」

「イリュシアさま……」

「指導役の巫女達が、あなたは舞手に充分ふさわしい実力があると言っているの」

「…………」

奉納の舞には、もちろん執政官であるエレクテウスも招かれるだろう。

ということは、国王をはじめとする多くの人々が見守る大舞台で舞う晴れ姿を、彼に見せることができる……。

その可能性は、ミュリエッタの心をひどく奮《ふる》い立たせた。

「やります！　わたし、やりたいです……‼」

興奮にかすれた声で、何度もうなずく。イリュシアもうれしそうにほほ笑んだ。

「じゃあ神殿長さまにお話ししておくわね」

やわらかくそう言って、彼女は自分の部屋へと足を向ける。

優美な背中を見送りながら、ミュリエッタはまだ夢見心地だった。

毎日こつこつと練習をしてきた、その成果を見せることができるのだ。うんと上手に踊ってエレクテウスを驚かせよう。そうすれば、努力の末にこうして実力を認められるまでに至ったことを、彼はきっと見直すはずだ。想像するだけで胸が弾む。

いつもの冷ややかな表情を改めて、彼は笑顔を浮かべるだろうか。それとも、驚嘆《きょうたん》の面持《おもも》ちで息をつくのだろうか。

「…………」

頬《ほお》に血が集まり、鼓動が速まった。

ふくれあがったうれしさを逃がさないように、ミュリエッタは胸の前で両手をにぎり合わせる。そして心の中で固く誓った。

（当日まで一生懸命がんばる！　死ぬ気で練習する……！）

それからミュリエッタは毎晩、奥殿《オイコス》の柱廊の誰もいない一角で、みんなとの稽古とは別に一人で練習を続けた。

秘密の練習なので、燭台《しょくだい》に火を灯すことはできない。しかし幸い神殿は小高い丘の上にあり、空に近いせいか、月が大きく見える。踊りの練習をするだけなら月明かりだけで充分だった。

奉納舞の前夜も、ミュリエッタは一人で最後の稽古にはげんでいた。

指導役の巫女の教えをふまえつつ、少しでも優雅に美しく見せるよう、細かいところまで気をつけて身体《からだ》を動かす。

アシタロテの巫女達は神殿に入ってきてから様々なことを学ばされる。音楽、舞踏、美術、そして詩作とその朗読。すべての芸術は神への奉献から生まれた。今もそれらの先端をいくのは神官や巫女達であり、神職に就《つ》く者は、まずそれらに長《た》けていなければならない。

ミュリエッタは、風にゆれる木々の枝のように、上体と腕をしなやかに振りまわした。そして実りの重さにしなる麦穂のように背をそらし、空に向けてのびる糸杉のように高々と足を掲げる。

女神アシタロテの愛が地上に満ち、それが収穫の恵みとなって人々を満たし、そして男女が愛し合って子が生まれ、人が増え、街を築いて富を増やす。

人々が女神をあがめる限り、その繁栄《はんえい》は約束されており、それが他の神々を奉じる異邦《いほう》の民の前に破れることは決してない――。

神殿の教義を伝え、同時にこれから戦いに向かう兵達を鼓舞《こぶ》するための踊りだった。舞の美しさと、それに込めた思いの強さをもって人々の心をつかみ、神威《しんい》を信じさせなければならない。

このところ熱心に練習を続けているせいか、身体がひどく軽かった。そのうれしさにふっとほほ笑み、目の前に愛《いと》しい人がいるかのように、両腕で円を描き、少し首を傾ける。

すり足で前に出ようとして――その瞬間、大理石の床にしたたった汗に足をすべらせた。

「わ――っ」

たたらを踏みながらも何とか体勢を立て直す。一度動きを止めると、どっと息が上がってきた。

「はぁっ……、はぁっ……」

石造りの柱廊に息づかいが響く。顎《あご》に伝った汗を手の甲でぬぐったとき、ふと誰かの視線を感じた。

荒い息を調えながら、何気なく周囲を見まわしたところ。

（あ――）

列をなす柱の下にエレクテウスがいた。腕を組み、柱に軽く背を預けて食い入るようにこちらを眺めている。じっと見すえてくる眼差《まなざ》しが、どこかいつもとちがうように感じた。

紫色の瞳に、無表情の……底の読めない影を宿し――彼はミュリエッタの視線に気づくと、柱から背を離し、ゆっくりとこちらに近づいてきた。

（……だれ？）

その、ひどく威圧感のある様にとまどってしまう。

まちがいなくエレクテウスの姿であるというのに、まるで別人のようだ。

目の前に立つと、彼はただだまってこちらを見下ろしてきた。

ミュリエッタは急に不安になる。

（なに？　できが悪かったの……？）

何でも完璧《かんぺき》にこなす彼の採点はいつも厳しい。

言葉を待って見上げた瞳は……翳を宿しながら奇妙に熱を孕《はら》む不可思議な眼差しに捕らわれてしまった。表情のない顔は、端整である分どこかおそろしい。

「………」

動くことができないまま、じっと見つめ合う。

やがて彼はミュリエッタの首筋に手を置き、汗ばんだ肌を肩までなぞった。たったそれだけの仕草なのに、今の彼にされるのは、なんだかこわい。……そして同時にふれられた場所がざわりと粟立《あわだ》つ。

「……エレクテウス？」

よく分からない気分のまましぼり出した呼びかけに、彼はわずかに肩をゆらした。

「どこかおかしいところでもあった？」

不安を込めて見上げる。と、彼は我に返ったようにミュリエッタの肩から手を離し、それをにぎりしめた。見る者の心を惹《ひ》きつけてやまない紫の瞳を閉じ、やがてゆっくりと開く。

「──い……」

その口から出たのは、辛辣《しんらつ》な批評ではなく、かすれた声だった。よく聞こえずに、「え？」と訊き返すと、エレクテウスは咳払《せきばら》いをする。

「明日の舞手からおまえを外しておいた。それを言いに来た。……じゃあ」

一方的にそれだけを告げると、彼は踵《きびす》を返して去ろうとする。

「待って！」

ミュリエッタはその宣告に食い下がった。

「どうして？　私が舞うことになってたのに。イリュシアさまだって……」

「彼女はおまえに甘すぎる。何でも好きにさせていては、他に示しがつかない」

落ち着き払った冷たい言い方に、言葉を詰まらせた。

彼女は。

イリュシアをそんなふうに呼ぶのはエレクテウスだけだ。他の人は皆、あの方と呼ぶ。

（ちがう。今大事なのはそんなことじゃない……！）

ミュリエッタは指先が白くなるほど固く両手を組み合わせた。

「でも……他の舞手達も承知してくれた……」

「そもそもそれがおかしい。成人の儀をすませていない者を連れて行くなんて」

ため息混じりに言って、彼は今度こそ背を向けて歩き去る。

「――……」

ミュリエッタは、わなわなとふるえながら、その背中をにらみつけた。

つまり半人前だからダメだと言いたいわけか。子供だから、大人の舞台には連れてはいけないと。

（イリュシアさまは実力的には充分だっておっしゃってくださったのに……！）

ミュリエッタの直接の主である聖巫女が認めたことを、何の権利があってくつがえすのだろう？

（こんなに練習したのに――っ）

王宮で見事に踊って喝采《かっさい》を受ければ、きっとエレクテウスも認めてくれる。そう思ったから、精いっぱい練習もした。それなのに！

ミュリエッタは手近にあった柱を、力いっぱいたたいた。べちん！　と音がして、手のひらがジンジンと痛む。何度かそれをくり返し、いきり立った気持ちをなんとかなだめた。

（出るもの。私、絶対出てみせる！）

手を置いて大理石を見すえながら、そう考えた。

四角四面なことを言う前に、ミュリエッタの舞をきちんと見てほしい。それでも不満だというのなら、その時はおとなしく言うことをきくから。

しばらく考えて気持ちの整理をつけると、ミュリエッタは柱にこつんと額をつけた。

「あーあ……」

せっかく張り切っていたのに、気分はすっかりしぼんでしまった。

（昔はもっと話が通じたんだけどな……）

以前――まだ一緒に暮らしていた頃、彼はいまよりもよく笑い、もっと優しかった。戯《たわむ》れに抱きついたり、抱きつかれたりしてはしゃぐのが当たり前だった。

なのに神殿で再会した時にはすっかり変わってしまった。難しい顔をするようになり、態度がよそよそしくなって、心の距離も遠ざかってしまった。

「誰のためにがんばってると思ってるの……」

そっと独りごちる。

もう一度昔のように笑い合いたい。お互いを好きで、尊重して、対等に話をしていたあの関係を取り戻したい。望むのはそれだけだ。……たったそれだけ。

ミュリエッタは恨めしい思いで大理石の柱にぴたりと抱きついた。

こうしていると彼を抱きしめている気分になる。冷たいところも、抱き返してくれないところも、そっくり。

ため息をつくと、冷たい石の表面が一瞬だけくもった。

2章

王宮の傍《かたわ》らには、すり鉢《ばち》状の大きな円形劇場がある。

六千人を収容する石づくりのその劇場は、観客席の中央に王家の紋章であるライオンが彫刻された大理石の玉座があり、今日はそこに国王その人が腰を下ろしていた。周囲には赤い外套《がいとう》を身につけ、金の板張りで盾を飾ったきらきらしい護衛兵達が囲んでいる。

舞台の上にはアシタロテへの奉納のための祭壇《さいだん》がしつらえられていた。現在、舞台の上では神官たちが縦笛《アウロス》や竪琴《リラ》、手鼓《チンパノン》による楽曲を演奏している。

玉座の隣には王妃と三人の姫君達が並んで座っており、そしてその近くの貴賓席《きひんせき》には、王と共に国政を担《にな》う評議会の議員達が大勢席を埋めていた。彼らは皆、大青《たいせい》によって染め上げた鮮やかな青い外衣《ヒマティオン》をまとっているのですぐに分かる。

貴賓席には神殿関係者の集まる一画もあり、そこにイリュシアの姿があった。彼女のお供としてここまで来たミュリエッタも、本来ならそこにいなければならなかったはずだ。事実、イリュシアは時おりきょろきょろと顔を巡らせている。周りを囲む巫女《みこ》達の中にミュリエッタがいないことをいぶかしく思っているのだろう。

（ごめんなさい、イリュシア様……）

舞台の陰に隠れたミュリエッタは、心の中でそう詫《わ》びながら、こっそりと周囲の様子をうかがった。

神殿関係者の席の端にエレクテウスが腰を下ろしている。決して彼の目にはふれないように行動しなくてはならない。

そうこうするうち舞台上での演奏が終わり、神官たちがこちらにやってくるのが目に入った。ミュリエッタはあわてて目立たないところに身をひそめる。

そして入れ替わりに舞手の一団がやってくるのを見ると、その列の中にするりと潜りこんだ。

「ミュリエッタ……？」

「あなた、舞台を辞退したんじゃなかったの？」

前後にいた年かさの舞手たちが驚いたように訊ねてくる。それへ憤然《ふんぜん》と返した。

「辞退させられたんです！　でも納得いかないから強硬手段に出ることにしました」

「あきれた。エレクテウスさまに逆らうだなんて……」

「知りません。あんな分からず屋！」

年かさの巫女達は「しょうがないわねぇ」と言いつつ、ミュリエッタがいても不自然にならないよう、舞台に上がってからの位置を考えてくれた。

舞は全員同じふりつけである。広い舞台いっぱいに散らばる形なので、人数がいた方が見栄えがする。

（わぁ……っ）

人で埋め尽くされた客席を見上げると、気分が盛り上がってきた。ふと貴賓席に目をやれば、ミュリエッタに気づいたイリュシアが驚いているのが見えた。

（ごめんなさい……！）

後で真っ先に謝りにいこう。そして――

おそるおそるその近くの客席に目を向けると、エレクテウスが顔をこわばらせてこちらを凝視していた。

（怒ってる。あの顔は怒っている……）

――でも。

先ほど舞台から降りた神官たちが、今度は舞台の下で演奏を始めた。

それに合わせ、ミュリエッタはあえてエレクテウスの方を向いてほほ笑み、ゆらりと腕を上げる。

今、ミュリエッタが舞を見せたい相手はただ一人。曲に合わせ、その相手のために心を尽くして舞い始めた。

風をはらんだ衣がふわりと広がる。風にひるがえるように大きく上体を反らし、小刻みに足ぶみをして銀の足飾りをシャラシャラと鳴らして、時にちぎれそうなほど手をのばす。……つかめないものをつかもうとするかのように。

どうかわたしを見て。

ミユリエッタはエレクテウスに向けて身体《からだ》中でそう訴えた。

ここにあなたを恋い慕う人間がいる。でも口には出せないから、舞に託す。

ただ、伝えたい。それだけでいい。

そのために、今日どうしてもここで踊りたかった。

想いを返してとは望まない。気づいてくれなくてもかまわない。ただ、もう半人前とは言わないで。悲しくなるから。

わたし、あなたが好き。

(わたしは――)

わたしは、もう子供じゃない。

パンパンパン！

静まりかえった会場に拍手がひとつ、高く響いた。それを機に割れんばかりの喝采《かっさい》が起こる。

よく見れば最初に手をたたいたのは国王その人だったようだ。

(やった！)

ミユリエッタは心の中で快哉《かいさい》を上げた。

気持ちがいい。思いきり、力を尽くして踊ることができた。国王に向けて礼を取りながら、息を弾ませて他の舞手と笑顔を交わし合う。

(エレクテウス――)

期待を込めてそちらを振り返り……、ミュリエッタはぎくりとした。

彼は先ほどよりもはっきりと怒りを露わにしている。それだけではない。何やらひどく難しい顔だった。

言いつけを破ったのだから仕方がない。でも――。

(……それだけ？)

自分の舞は、ほんの少しも彼の心を打たなかったのだろうか？

そう思うと途方に暮れてしまう。

ミュリエッタが舞台上に立ち尽くした時、石の玉座から国王が立ち上がった。

国王イロノスは現在四十歳。戦《いくさ》と色とを好むことで知られ、その性癖《せいへき》が国庫を疲弊《ひへい》させていると、あまり評判はよくない。眉宇《びう》の整った面《おも》ざしは若い頃の人気を思わせるが、長年の不摂生《ふせっせい》によってか、今は年よりも老いて見えた。

(ん……？)

その国王の目が、しっかりとミュリエッタをとらえる。

目が合ったことを不思議に思っていると、彼はおもむろに客席の階段を下りてきて、舞台に

上がり、目の前に立つ。

　劇場内が水を打ったように静まり返った——その中に国王の声が響いた。

「娘。そなたを今宵《こよい》の聖婚の乙女《おとめ》とする。よく務めを果たすがよい」

ざわり、と周囲がさわいだ。国王に直々に指名されるのは、巫女にとって大変な名誉である。

他の巫女達もおどろいたように顔を見合わせている。

しかしミュリエッタは呆《ほう》けるばかりだった。自分の身に起きていることが、とっさに信じられない。

（聖婚？　……わたしが？）

思いもよらないことを言われ、つい首をふってしまう。

「いいえ、わたしは……」

「余《よ》の指名を拒《こば》むのか？」

朗々と響く王の声が、わずかに怒気をはらんだ。その陰鬱《いんうつ》な響きに、ミュリエッタは身をすくませる。

「陛下……」

横にいた巫女がおろおろと割って入ろうとした、その時。鋭い声がぴしりとその場を打った。

「お待ちください」

皆の視線を集め、客席にいたエレクテウスが立ち上がる。彼もまた落ち着いた足取りで客席の階段を下り、舞台に上がると、国王の前に進み出て、優雅にその前にひざをついた。

「彼女はまだ巫女として必要な成人の儀を受けておりません。それゆえいまは聖婚のご指名もお受けいたしかねます」

「成人の儀？」

国王の瞳が爛《らん》とかがやく。

「女神に処女を捧げるという、あれか」

ねっとりとした視線を向けられ、ミュリエッタは顔が赤くなるのを感じた。

神殿の巫女は成人となるに際し、その証《あかし》として、定められた祭壇《さいだん》で神官を相手に処女を捧げるのがしきたりだった。成人の儀とは、その儀式のことである。

首まで赤く染まったミュリエッタの前で、国王が舌なめずりをするように笑みを浮かべた。

「余はそれでもかまわん」

「巫女の処女《おとめ》は女神アシタロテのもの。戦《いくさ》の前にその禁にふれること、神官として止めぬわけにはまいりません」

冷ややかに返すエレクテウスを、王が厳しく見据える。そのまま二人はしばしにらみ合った。

自分のことなのだから、何か言わなければならない。……そう思っても、緊迫したその様子に言葉は喉《のど》の奥で凍りついてしまう。

ハラハラと見守っていると、国王がうなるようにつぶやいた。

「神官風情《ふぜい》が余の顔に泥を塗るつもりか？」

「陛下の御世の栄華さらなることを祈ればこそ、お願い申し上げております」

「引っこめ、若造が！」

感情的な王の大喝《だいかつ》にもエレクテウスは引かない。ミュリエッタなど、自分に向けられたものでなくても腰を抜かしそうになったというのに。

にらみ合う二人の間に、そのとき涼しげな声が割って入った。

「陛下。お怒りはごもっともですが、どうかお気を鎮《しず》めてください」

見れば、刺繍《ししゅう》の凝《こ》らされた優美な外衣《ヒマティオン》に身を包んだ貴族の青年が一人、近づいてくるところだった。ミュリエッタはその青年が、先ほどまで貴賓席で玉座の近くに座していたことを思い出す。

この国で一番の権力者の前に恐れる様子もなく立つと、彼は周囲の耳に届かぬよう、幾分声を低めて告げた。

「公衆の面前で神官を不当に扱うのは得策ではございません。民の反感を買います」

その声音《こわね》は外見に似合わず硬質なものだった。国王は「だが……」と不服そうに応じる。

「初摘《はつつ》みの苺《いちご》など他でいくらでも味わえます。せっかくならアシタロテ神殿の神官が丹誠込めて育て上げた、初々《ういうい》しく、かつよく熟れた一粒を味わうのが粋《いき》というものではございませんか」

ひそやかなささやきに、王は渋々うなずく。

　すると青年は鷹揚《おうよう》にこちらをふり返り、まるで国王の代理とでもいうかのように、朗々と宣告した。

「というわけだ、神殿執政官エレクテウス。これより後、貴殿が責任をもってその見習い巫女をよく教育し、陛下が戦《いくさ》からご帰還されたあかつきには、アシタロテ神殿の粋《すい》を尽くした聖婚の乙女として、王宮へ自ら捧げに来るように」

＋＋＋　　　　　　＋＋＋

　舞台から下りると、ミュリエッタの周りに他の舞手達が集まり、エレクテウスの抗議がいかに身を賭《と》してのものだったのかを、口々に訴えてきた。

「いい？　かくなる上は戦が終わるまでに、なんとしても床上手《とこじょうず》になるのよ」

「そうよ。その技でもってお戻りになった陛下を籠絡《ろうらく》しなさい。そうすればきっとエレクテウスさまへのお怒りを解いてくださるわ」

（と、床上手って……わたし、成人の儀すらまだなんだけど……っ）

　そこへ今度はイリュシアがやってくる。舞手たちとちがい、彼女はミュリエッタを責めてくるようなそぶりを少しも見せなかった。

「大丈夫よ。きっと何とかなるわ」

いつも通りやわらかく笑ってなぐさめてくる主に、ミュリエッタは申し訳ない気持ちでいっぱいになった。彼女こそ、今回のことで胸を痛めているにちがいないのに。

神官は神のしもべである。よって国王ですら権柄《けんぺい》づくで言うことを聞かせることはできない。けれど別の形で意趣返《いしゅがえ》しをすることは可能だった。

国王の不興を買った神官の多くは、遠方の神殿に追いやられるなどの報いを受けるという。

（そんなのいや……！）

なんとしてもエレクテウスへの叱責《しっせき》や罰だけは阻止《そし》しなければ。

（やっぱりうんと床上手になるしかないかな……）

具体的にどんなふうにすればよいのかはわからなかったが、聖婚をこなす巫女達が言うのだから、きっと国王の怒りを解き、エレクテウスへの可罰《かばつ》を防ぐ効果があるのだろう。

（そうと決まればまず、成人の儀をすませないと。……神殿長さまにお願いしてみよう）

そんな思いを胸に神殿へと戻ったミュリエッタは、奇遇なことにその足で神殿長に呼び出された。

神殿長とは文字通り、神殿に集《つど》う神官や巫女の頂点に立つ役職である。しかし女神と人との間に立つとされている聖巫女に比べ、どちらかと言うと神殿と世俗《せぞく》との間に立つ存在で、神事よりも実務的な役割を担っている。

神殿長の部屋は、市井《しせい》の邸宅のような落ち着いた内装だった。床は色とりどりの石で模様が描かれ、壁にも茶色を基調とする顔料《がんりょう》で帯装飾がほどこされている。壁際には、応接用と思われる豪奢《ごうしゃ》な敷布の敷かれた寝椅子《アンドロン》がいくつか並んでいたが、いまは部屋の中央に普通の椅子《いす》が三つ置かれ、そのひとつに神殿長が、そしてもうひとつにエレクテウスが腰かけていた。

彼は若いながら要職に就《つ》いているため、神殿長からの信頼も厚いのだ。側近としてたびたび相談を受けているという。

「ミュリエッタです。お召しに従いまいりました」

挨拶《あいさつ》をするミュリエッタに、老齢の神殿長は眼を細めてうなずいた。反対に、そのすぐ横に座すエレクテウスは静かな怒気を隠そうともしていない。

ミュリエッタは二人の前に置かれた三つ目の椅子に、おずおずと腰を下ろす。

「……………」

こちらを見すえてくるエレクテウスの冷ややかな眼差《まなざ》しに、身を縮こませた。どのように叱《しか》られても今回ばかりは反論できない。許さないと言われたことを強行し、あげく窮地《きゅうち》に陥《おちい》ったところを助けられてしまったのだから。

そんな二人の中に、神殿長がのんびりと割って入ってくる。

「劇場での一件は聞いたぞ、ミュリエッタ。愚かなことをしたな？」

「申し訳ございません。心より反省しております」

「よい心がけじゃ。その言は喜ばしいが……国王陛下からのご指名だけは、なかったことにはできぬ」

そこで少し間を置き、神殿長は改まった口調で訊ねてきた。

「『成人の儀』については、いまさら説明の必要はあるまいな？」

「……はい」

神官を相手に、女神へ処女を捧げる儀式。

それを終えれば一人前の巫女として公《おおやけ》に認められたことになり、国を護《まも》る聖なる存在として人々から尊敬を受けることになる。

すべての巫女が不安とあこがれをもって臨《のぞ》む、大切な人生の節目である。ミュリエッタも同じだった。

（こ、この話の流れは――……）

自分から頼もうと思っていたことだ。覚悟はできている。それでも、実際に言い渡されると思うと緊張した。

はたして、神殿長は重々しく告げてくる。

「ミュリエッタ、おぬしに『成人の儀』を受けるよう申しつける。先の聖巫女の娘としてまじめに修行に励《はげ》んできたおぬしには。その資格が充分にあろう」

「あ、ありがとうございます……」

一人前の巫女として認めてもらえた。その誇らしさと、そして大人になることへの若干《じゃっかん》の不安とともに頭を下げる。

「ついては、儀式の相手はここにいるエレクテウスとする」

「――……」

それを耳にしたとたん、ミュリエッタの頭が真っ白になった。

(えぇっ……?)

つい顔を上げて彼を見てしまう。

巫女の成人の儀は、聖婚の勤めに長く従事し、かつ特別な役職のない神官が担当するのが普通だ。要職に就《つ》いて久しいエレクテウスは、すでにそういった役目を引き受けてはいないはずなのに。

(どうして……?)

他の巫女と同じように、房事《ぼうじ》に慣れていて神殿からの信用がある、顔見知り程度の神官とするものとばかり思っていた。……いや、そちらの方がよかった。

「よいな?」

神殿長の念押しに、うなずくことができない。

「……………」

エレクテウスに向け、かすかに首をふったミュリエッタに、彼がぴくりと眉《まゆ》を寄せた。

この上さらに怒らせるとわかっていても、それは受け入れがたい。

（だって……エレクテウスは、イリュシアさまのことが好きなんでしょう……？）

神殿長の前で口に出せることではない。けれどそのことはみんなが知っていた。

神官と巫女は原則として結婚ができない。よって想い人を得た時点で還俗《げんぞく》するのが習わしだった。

しかしイリュシアは王族であるため、政治的な事情により、彼女自身の意志では聖巫女の位を退くことができないのだという。よってエレクテウスと彼女は忍ぶ仲なのだと、神殿の人々は信じている。

その根拠とされているのが、エレクテウスは私財を投じて聖巫女を独《ひと》り占《じ》めしている――つまりは彼が個人の財産を寄進し続け、イリュシアの聖婚の相手を自分で務めているという、まことしやかな噂《うわさ》だった。

もちろん聖婚の相手を自分の意志で決めるなど、本来は認められない。しかし執政官と聖巫女の権限をもってすれば不可能ではない。

そしてイリュシアに仕えるミュリエッタは、噂が真実であることを知っていた。

側付きとして、これまでに何度も聖婚の行われる祭壇《さいだん》へ彼女を送り出してきたが、そこでエレクテウス以外の神官が待っていたことはない。

（――……）

思い返すだけで胸がきゅっと痛みを発する――それは当代聖巫女の、唯一にして最大の秘密だった。

二人はそれだけの想いと覚悟をもって、何年にも渡って関係を続けている。だからエレクテウスにミュリエッタの成人の儀などしてほしくないのだ。

（それに……好きな人に、好きでもないのに相手をされるなんて……つらい。たぶん）

イリュシアにふれ続けてきた手で、役目としてミュリエッタにふれられるだなんて、さみしすぎる。そして役目を終えたらまたイリュシアの元へ帰って行く……そんなことを考えながら耐えるのはいやだ。

胸の中で押し殺してきた想いをかき乱されることが目に見えている。何とも思っていない神官に儀式として抱かれる方が、ずっとましだ。

ミュリエッタはエレクテウスを見つめ、力なくくり返した。

「わたしのために言ってくれてるのかもしれないけど、……わたしは、いや……」

神殿長が目を丸くする。まさか断られるとは思っていなかったのだろう。

それまで黙っていたエレクテウスが、そこで初めて口を開いた。

「昨夜からのわだかまりがあるかもしれないが、それはひとまず置いておこう」

ちがう。そういうことじゃない。

首をふりかけたミュリエッタに、彼は続ける。

「単なる儀式だ。そう深刻にとらえることはない」

その冷静な言葉が胸に刺さった。

彼にとっては職務だから。それ以外の何でもない、何ほどのものでもないことだから、平気でそんなことが言える。

普段愛情を込めてイリュシアを求める手で、冷静にミュリエッタにふれてくるつもりなのだ。

そう考えると泣きたくなってきた。くちびるをかみしめて、こみあげてきた思いを呑《の》み込む。

「ほ……他の人がいいです。……神殿長さま、お願いです……っ」

「神殿長、ミュリエッタは成人の儀を目前にして気が動転しているだけです」

これ以上の議論を封じる口調でエレクテウスが言った。

「私から話しておきます。準備を進めてください」

「そんな、ちがいます……っ」

二人を見比べた結果、神殿長はエレクテウスに向かって釘を刺す。

「儀式までにきちんと心構えをさせるように。あまり嫌がるなら人選を考え直さねばならん」

そして席を立って部屋を出て行ってしまった。

取り残されてしまったミュリエッタは、エレクテウスと顔を見合わせるや、ぷいと横を向く。

「意見は変えない。成人の儀は受ける。でもエレクテウスとはいや」

すると彼は、立ち上がってミュリエッタの目の前にまでやってきた。そこに膝をついて目線の高さを合わせてくる。

「おまえは何もわかっていない」

「わかってないのはエレクテウスよ。わたしは……――」

わたしはあなたのことが好きなのに。口をついて出そうになった言葉を、すんでのところで呑み込んだ。

イリュシアの目を盗んで、そんなことを言ったりできない。心から好きだけど、それを伝えてはならない……。

言葉を詰まらせるミュリエッタに、彼は少し口調を和《やわ》らげる。

「今まで私が、おまえのためにならないことをしたか？」

いつも冴え冴えとしている蒼い瞳が、わずかに困惑を宿して揺れていた。

どうして、こういうときに限って彼は優しいのだろう？

そんなふうに気遣われると、うっかり矜持《きょうじ》を捨て去ってしまいそうになる。それで彼の気がすむのならと、身をまかせてしまいそうになる。

しかしミュリエッタは、揺れる心を叱咤《しった》して首をふった。

「いやったら、いや。他なら誰でもいいわ」

「なに？」

「エレクテウス以外の人なら誰でもいい。でもエレクテウスとはいやなの。絶対に！」

「ミュリエッタ」

ひんやりとした声音《こわね》でエレクテウスが呼ぶ。危険な兆候だ。これ以上言っては本当に怒らせてしまう。分かっていたけど止まらなかった。

「子供扱いしないで。自分のことは自分で決める。それで後悔してもかまわない」

「子供ではないと？　どこが」

押し殺した感情をはらんだ眼差《まなざ》しで見据えられ、ミュリエッタは言葉を詰まらせる。

怒り……だけではないような気がする。熱と影を宿してひたりとこちらに向けられた紫の瞳が恐ろしく、とまどいを込めて見つめ返す。

「………………」

「成人の儀で何をするか、分かっているのか？」

不意にそんなことを問われ、どきっと胸が跳ねた。

「わ……わかって、る……」

メレアポリスは、もともと性愛に対して大らかな風土である。この神殿においても、時折うっかり男女のむつみ合う姿を見てしまうことがないわけではない。また夜に用事を言いつかって、寄進者を泊める内房《カタゴギオン》の近くを歩けば、聖婚の際の声が耳に届くこともある。

我知らず頬《ほお》を染めてうなずくと、彼は片方の眉《まゆ》を上げた。

「どういうことをするんだ？」

「……え？」

耳にした問いが信じられず、ミュリエッタは虚を衝《つ》かれて相手を見返す。

「どういう……って……」

「おまえの覚悟のほどをためしているんだ。答えなさい。ほとんど知らない男を前にして、見習い巫女はまず何をする？」

押し付けるような訊き方にひるんでしまった。しかしここできちんと対応できなければ、彼はそれみたことかと自分の思い通りに事を進めようとするだろう。

（成人の儀――性愛の行為を始める時に、見習い巫女が最初にすることは……）

「……服を……」

ミュリエッタは緊張にかすれる声で何とか応じた。

「服を、脱ぐ……」

と、エレクテウスの目がミュリエッタの衣に注がれる。そのとたん、彼の目の前で自分が服を脱ぐ光景が、もわっと頭の中に広がった。

彼が見ている前で、腰の高い位置に結ばれている帯を外し、両肩の飾りピンを外し……はらりと落ちる内衣《キトン》の布を、たぶん胸のところで手で押さえてしまうだろう……。

単なる想像だというのに、ミュリエッタはカァァッ……と顔に血が集まるのがわかった。

赤くなった顔を見られるのがいやで、あわててうつむく。しかしその頭上で彼は冷淡に続けた。

「服を脱いで、それから？」

感情のない紫色の瞳が、ミュリエッタの身体《からだ》をなぞるように見すえてくる。いままでになかった事態に、ミュリエッタはひどく混乱した。

（な……なんでそんなふうに見るの……？）

おまけに、どうして言いにくいことばかり言わせようとするのだろうか。

ちらりと目を上げて様子をうかがうが、彼が許してくれそうな気配はなかった。どきどきと、強く打ちつける鼓動を抑えるように、なるべく平静に答える。

「それから……男の人が、さわる……？」

実のところ、これまでにミュリエッタがかいま見たことがあるのは、最中の姿や声だけだった。そこに至るまでの経過はよくわからない。

当てずっぽうで言うと、彼は笑いをかみ殺すような表情を見せた。そしてゆっくりと立ち上がる。

もう終わりだろうか？　期待を込めて長身を見上げるが、彼はだまって椅子《いす》に座るミュリエッタの傍《かたわ》らを歩き、背後に移動しただけだった。そして椅子の背に手をついて訊ねてくる。

「さわるとは、どこに？」

（……えぇ⁉）

心の中でさけび、ミュリエッタは青い瞳を頼りなくさまよわせた。

（どこって――どこ……？）

「む、胸とか……？」

「おおむね正解だ」

「ひゃ……っ」

するりと、エレクテウスの右手が襟元《えりもと》から忍び込んできて、ミュリエッタは悲鳴を上げてしまう。その手は無造作《むぞうさ》に左の胸にふれ、手のひら全体でふくらみを包み込んだ。あまりの事態に、身体は凍りついたように動かなくなる。

「エレク……テウス……！」

「なんだ？」

「手！　手が……！」

手が胸にさわっている。

信じがたい状況を必死になって訴えているというのに、彼はミュリエッタの耳元に口を寄せ、余裕の声でささやいた。

「おまえの言うとおり、行為に際しては、やはり胸にふれるのが一般的だ。ふれて、つかんで、揉《も》む」

言葉と共に大きな手が、ゆったりとこねるように胸のふくらみをなでまわす。

エレクテウスの手が自分の胸を揉んでいる！

その衝撃に、ミュリエッタは言葉もない。しかし硬直していたのもつかの間、

「それからここを……集中的に愛《め》でる」

彼の指先が、ふくらみの頂《いただき》をくにくにとつまむと、肩がふるえてしまった。

我慢ができない。それが何かは分からないけど、とにかく我慢ができずに、波紋が喉《のど》を突いて出る。

「あ……っ」

あえかな声に背後で低い笑い声が響いた。指はさらに、つまんでいた先端をきゅうっと引っ張る。

「ん!」

軽い痛みと……同時に、今まで知らなかった感覚が湧き上がってくる。未知のものへの恐ろしさに、反射的に逃げようとして身を縮こめた。

「や……エレクテウス、止めて……こんな――」

「降参か？　片方の胸にふれられただけで？」

椅子の背に身体を押しつけるミュリエッタの胸を、彼はなおもいいように愛撫《あいぶ》し続ける。大きな手で包み込んで円を描くようにこねまわし、指先を先端部分で遊ばせる。

その先端部分はしだいに、指でいじられるたびにじわじわとした甘い痺《しび》れを発するようになっていった。

「ふ……ぅ、……っ」

「儀式のときは両方同時にさわられるんだぞ。よく知りもしない男に。我慢できるのか？」

揶揄《やゆ》を交えて言われ、頭をふる。しかし彼の声はミュリエッタをどこまでも追いつめてきた。

「胸だけではない。ここも、……ここも。すべて、あますところなくさわられる」

右手で胸をいじりながら、左手が衣の上から脇腹をなであげてくる。腋の下で指が踊ると、ミュリエッタはくすぐったさに身をよじった。

「ひゃ……ぁ、や、やだって……！」

声を張り上げて上体をこわばらせると、エレクテウスの両手は、それまでしつこく張り付いていたのが嘘のように離れていった。

「ミュリエッタ、考えが変わったろう？」

「――……！」

ミュリエッタはやっと、こんなことをする彼のねらいを悟った。つまりは他の神官を相手にしたいという言葉を撤回《てっかい》させたいのだ。

答えを導くように訊ねた後、彼はふたたび椅子に座るミュリエッタの前に膝をつく。

「……………」

確かに、顔見知りていどの神官にされたいことではない。しかし今まで多くの見習い巫女が、その儀式をこなしてきたのだ。

たぶんミュリエッタと同じ。儀式で何をするかなどを考えては受けられなくなってしまう。だから考えないようにして当日を迎えたのだろう。

それをあえて突きつけて「おまえのためなのだから、言うことをききなさい」と言われて、はいそうですか、などとうなずけるものか。

（そんなの、本当に子供みたいじゃない。かっこ悪い……）

ミュリエッタはぷい、と横を向いた。

「……だ、大丈夫だから。心配しないで」

と、彼は紫色の目をつと眇《すが》める。

「つまり、まだ分かっていないということだな？」

放り出すような口調に、ひやりとした。

（怒った）

ミュリエッタはすぐにそう気づいた。とたん、意地を張り続けていた気持ちがひるんでしまうが、その時にはもう遅かった。

彼はミュリエッタの両脚を持ち上げるや、おもむろに椅子の肘掛《ひじか》けに引っかける。

「え、ええ……っ？　なに？」

ぼんやりとして反応が鈍くなってしまったのは、エレクテウスが自分にひどいことなどするはずがない、という思いこみがあったからだ。

しかしそれは間違いであったかもしれないと、今になって感じ始めた。

足を閉じようとしたものの、その間にはすでにエレクテウスの身体がしっかりと入り込んでしまっているため、閉じられない。

彼の目の前で、はしたなく足を開いている。その状況に遅まきながら気づき、ミュリエッタは首をふった。

「や……やだ――どうして……っ」

「教えてやっているんだ。おまえの選択が本当に正しいものなのか、否《いな》か」

ちらりと薄い笑みをひらめかせた彼の手が、内衣《キトン》の合わせの中に潜り込んできて、ミュリエッタは悲鳴を上げた。

「や、やだっ、――そんなの……っ」

「ミュリエッタ。男はおまえの……ここにもふれる」

足の付け根に、もっとも奥まったところにまで手が差し込まれてくる。内衣《キトン》の下には何もつけていないというのに。ミュリエッタはあわててその手を押さえた。

「やだやだ！　……やめて――」

すると、彼は紫の瞳を射《い》るように輝かせて見つめてきた。

「成人の儀を私にまかせるか？」

（なんで……？）

エレクテウスの手を押さえたまま、ミュリエッタは困惑してしまう。

どうして彼は、そんなふうに自分にこだわるのだろう？　何か理由があるのだろうか。

しかしこちらにも事情がある。たった一夜限りだとしても――否、だからこそ、彼と恋人の真似事《まねごと》をするなど絶対にいやだった。

軽い気持ちなどではない。自分は、本当に本気で彼が好きなのだから。

「ミュリエッタ、返事は？」

「いやよ！　いやだって、さっきも言った――あっ、ん、……っ」

ふいに長い指が秘裂《ひれつ》をそっとなでた。直接ふれられている指の感触に、羞恥《しゅうち》のあまり顔中が心臓になったような気がした。

「や……やだっ、ねぇ――……ひぁ……！」

人さし指の指先が、秘裂を開こうとするかのように、割れ目に沿ってくすぐり始める。

「んんぅ……！」

「まだあまりぬれていないな」

無遠慮《ぶえんりょ》にふれてくる指に首をふり、ミュリエッタは彼の両肩を手で押しやろうとした。

「だからやだって……！　お願い、もうやめ――やぁ……ん」

声は途中で甘く腰くだけになる。人さし指と親指が、秘裂の上部にある粒を見つけ出し、ふにふにとつまんできたのだ。いままで、あることすらほとんど意識しなかったようなもの。しかしそれは、彼の指にふれられたとたん、信じられないほどの愉悦《ゆえつ》を生み出した。

「や、それ、……ダメ！　ダメっ……あぁぁ……っつんぅ！」

ダメと言ったとたん、器用な指によって小刻みに振動を与えられ、ミュリエッタは身体をびくびくとふるわせる。とろりと、股《また》の間で何かが染み出すのがわかった。

気がつけば、押しやろうとしていた彼の両肩にしがみついている状態である。

「……は、……っ」

「……何か言いたいことはないか？」

「お、処女《おとめ》は女神に捧げないと……い、いけないんだから……っ」

「むろん心得ている。処女《おとめ》を奪うまではしないさ。だがそこに行き着くまでにも、人にはたくさんの快楽がある」

エレクテウスは手をのばしてミュリエッタの外衣《ヒマテイオン》を肩から落とし、両肩の飾りピンに手をかけた。そして止める間もなく、それを外してしまう。

「や……！」

肌をすべり落ちた白絹から、両の胸がほろりとまろび出る。オレンジの実のように瑞々《みずみず》しく張りのある胸は、自分の部屋で一人で検分するぶんには、なかなか悪くないのではないかと思えたが、こうやって彼の目にさらされるのは耐えられなかった。これまで神官として、数多くの女性の聖婚の相手をしてきた彼は、もっと大きくて形のいい胸を見てきているだろうから。

思わず両手で胸を隠したところ、エレクテウスはふっと意地の悪い笑みを見せた。

「いまさらだな。おまえは昔から私の腕にしがみつく癖《くせ》があるだろう？　大きさはその時に把《は》握《あく》している」

「ええ……!?」

「だから忠告していたんだ。あまり気軽に男にふれるなと」

からかうように言って、彼は秘裂への指淫《しいん》を再開した。

「ああ、あっ、や――エ、エレク……ぅ……っ」

あふれて出してきたぬめりを秘芽にぬりこめ、人さし指と親指で転がすように振動を与えてくる。きゅっとつまんで押しつぶし、時折爪の先でひっかいてくる。

「ん、ん、んゃぁぁ……っ」

ぴりっと走った快感に、ミュリエッタはびくびくと身体をわななかせた。

さらに他の指が秘裂をくちゅくちゅとなぞり始めると、刺激に耐えきれず、我知らず胸を隠していた手をさまよわせた。

すがるものを求めてただよった手が、彼の肩につかまる。すると彼は身をのばし、露わになった胸の先端に吸いついてきた。

「きゃぅぅ……っ」

また新たな愉悦に襲われたミュリエッタは、背中を椅子《いす》の背に強く押しつける。すると彼はさらに身を乗り出すように追ってきて、片方の乳首に執拗《しつよう》に舌を這《は》わせた。

その際、彼が肌を洗うときに使っている、麝香草《タイム》の香水が強く匂《にお》い立つ。

（エレクテウスの匂いだ……）

熱く湿った濃密な空気の中、それだけで朦朧《もうろう》とした頭がさらに熱を持った。

「んんん！　んんぅ……ふ……っ」

右に、左にと、口の中であめ玉を転がすように乳首を舐《な》めていた彼の舌が、ある瞬間、そこをきつく吸い上げる。と、自分でもそれと感じるほど、秘処《ひしょ》がどっと蜜をあふれさせた。

「や……いやぁ……、っ……」

もはや何がいやなのかもわからずに、彼の肩口に顔をうずめて首をふる。

熱い。恥ずかしい。そして……気持ちいい。甘く淫《みだ》らな感覚に、肌がざわめき、腰は痺れて胸がうずく。

こぼれる吐息は、自分のものとは思えないほど熱くとろけていた。

「ミュリエッタ、私のことがきらいか？」

名前を呼ばれ、彼の肩口に顔をうずめたまま首をふる。

「ではなぜ拒《こば》む？」

「――、…………っ」

ふたたびだまって首をふった。

「好きでもない男にこんなことをされてもいいのか？」

「う、……あぁ……っ、……あ、も、ダメぇ……っ」

ふたたびちゅくちゅくと淫芽《いんが》を嬲《なぶ》られ、あられもない声を張り上げる。

そうしながら、彼はめちゃくちゃなことを言ってる、と思った。見知らぬ相手と契《ちぎ》りを交わすのは、この神殿にいる神官や巫女達にとって当たり前の勤めであるのに。

しかしそう反論する前に、彼がとうとう、蜜をあふれさせる秘裂の奥へと指を突き入れてくる。ミュリエッタははっと顔を上げた。

「だ……だめぇ！　それは……あぁ、……っ」

「処女《おとめ》の証《あかし》を損《そこ》ねるような真似《まね》はしない」

じゅくじゅくと、耳を覆《おお》いたくなるような音をたてて、長い指が蜜壺《みつつぼ》の中を動きまわる。狭い中を、蜜のぬめりを利用して、奥へ奥へと探索を試みている。ミュリエッタが意識したわけでもないのに、蜜壁はその指をきゅうきゅうと締めつけているようだった。

そんな場所で彼の指の形をはっきりととらえてしまい、恥ずかしさに泣きたくなる。

「私の指は気に入ってもらえたようだな」

揶揄《やゆ》と共にくつりと笑われ、ミュリエッタは首をふった。

「そ、そんなことっ……、言わないで……あぁっ、んゃ、……やぁ……っ」

秘処をなぶりながら、彼は胸への口淫をふたたび始めた。

「ふぁぁ……っ、ぁ、……や、吸っちゃ……いやぁ、……っ」

二つの場所を同時に責められることに、ミュリエッタが息も絶え絶えでいるというのに、彼はさらに空いている方の手で、もう片方の乳房をつかんで捏《こ》ね始めてくる。

気がつけばミュリエッタは、足を大きく開いて秘処をいじられながら、胸を噛《か》んだり吸ったりする彼の頭を官能に襲われるまま抱きしめるという、ほんの少し前の自分からは想像もつかないような、あられもない格好で艶《つや》めいた声を響かせていた。

いったいどうしてこんなことになったのだろう？

頭のどこかにそんな疑問がただよっているが、大きな快感の波に翻弄《ほんろう》されるばかりの状況では、筋道だったことなど何も考えられない。

彼の指は、ミュリエッタを快楽の際へと適確に追い詰めてくる。ぐりぐりと淫芽へ刺激を与え、蜜壺の中を好き勝手に蹂躙《じゅうりん》し……、しかしそれは、あと少しで何かが得られるというところで、ゆらりと動きを止めてしまう。ミュリエッタの腰は、逃した何かを追いかけるように淫らに揺れた。

「エレクテウス……も……やだ、助けて……っ」

「ミュリエッタ、返事は……？」

涙まじりの懇願《こんがん》にも、彼は淡々と応じるばかり。ぐちゅぐちゅと大きな音を立てて秘処全体をかき混ぜ、胸の突起を舐め転がすのを一向に止めようとはしなかった。

「ああぁっ……、ぅあ……やぁぁっ……」

「気持ちよさそうだな。気持ちがいいだけでは困るんだが」

またしてもあと少しというところで快感の際を遠ざけられ、ミュリエッタはせつなく啼《な》き声を上げる。昂《たか》ぶったままの身体《からだ》には、間をおかずしてふたたび淫虐《いんぎゃく》が加えられ始めた。

「はぁ……、ん、ダメ……！　もうダメなのぅ……あぁあん……っ」

首にしがみついて訴えるミュリエッタの頬《ほお》に、彼は軽く口づけてくる。

「ミュリエッタ、さぁ――」

何度目かの誘いに、ついにミュリエッタは陥落した。自分の心を守ろうと、彼の前に築いていた拒絶の壁が、さらさらと形を失っていく――。

「す、する……っ。エレクテウスと、するからっ――あぁぁ……んんっっ」

返事は、押しよせてきた官能の波に途切れてしまった。

「お前が大人になる儀式を、私にまかせるんだな？」

補足された言葉に、涙をうかべて懸命にうなずく。

「エ、エレクテウス、……助け……あ、あぁっ……もう、もう、……お願い……っ！」

「……泣くな。……私は、おまえの泣き顔に弱い……」

ぼんやりとした頭のどこかで、自虐《じぎゃく》的な、そんなささやきを聞く。しかしその意味をとらえる間もなく、彼はちゅくちゅくと出し入れする指の動きを速めた。

「あっ、……あ、ん、やぁぁ……っ」

すでに達しかけていた身体は、それだけであっけなく大きな愉悦にさらわれ、一気に高みまで押し上げられてしまう。

「はぁ……、あ、あぁぁあ……ぁ……っ!」

蜜壁が彼の指をきつく締めつけるのがわかった。上体ががくがくと痙攣《けいれん》し、彼の首にまわした両手に力がこもる。

頭が真っ白になるような快感が走り抜け、ミュリエッタはひときわ高い嬌声《きょうせい》を上げた。

+++　　　　+++

それからはあっというまだった。

儀式を司《つかさど》る巫女達がいつも通りに動き、三日もたたぬうちに完璧《かんぺき》に準備が整えられる。その過程は、ミュリエッタも見習いとして幾度か手伝ってきたため、いやというほどわかっていた。

成人の儀は、奥殿《オイコス》の最奥《さいおう》——神殿の中で、世俗《せぞく》との境である入口からもっとも隔《へだ》てられた至聖処《ナオス》で行われる。

儀式に臨《のぞ》む巫女は、まずは沐浴《もくよく》をし、支度《したく》部屋で装束を調え、長い祈りを捧げなければならない。その間、緊張する少女達のために、気持ちのこわばりを解き、気分を昂《たか》ぶらせるための香が焚《た》かれる。

麝香猫《じゃこうねこ》から採れる異性を誘う香りと、バラやアニスをはじめとする官能的な気分を高める植物の香りをかけあわせた、神話の時代より伝わるという香だった。軽い麻酔《ますい》作用があり、匂いをかぎ続けると身体がひとりでに興奮状態になるのだという。

ミュリエッタはこれまで幾度も、その香りに酩酊《めいてい》する巫女を見てきた。彼女たちは一様にとろんとした眼差《まなざ》しで目尻を染め、まるで蒸し風呂の中にいるように熱いと、悩ましげな吐息をつく。

これまでは他人事《ひとごと》だったその効果を、ミュリエッタは身をもって知ることになった。

香りは少しずつ身体に染みこんできて、内側に火を点すかのように肌を熱く張り詰めさせる。ため息までもがしっとりと熱を帯び、瞳が潤んでいくのがわかった。鼓動が速まり、頭の中が次第にぼうっとしていく。

迎えに来た年少の見習い巫女が三人、支度のととのったミュリエッタを見て、ぽっと頬を染めた。

「お時間です。まいりましょう」

松明《たいまつ》を持った一人が先導し、その後ろに豊饒《ほうじょう》の象徴である葡萄《ぶどう》の枝を手にした少女が続き、ミュリエッタの後ろに、儀式用の特別な飾り壺《アンフォラ》を抱えたもう一人がついて歩く。

至聖処《ナオス》の天井は闇に沈んで見えないほど高く、神々をかたどった彫像の柱がその天井を支えていた。男性が三名手をつないでやっと届くかという太さの柱が、八列で奥まで続く様は圧巻である。高く広々とした壁には、神話を模した巨大な浮彫《レリーフ》が隙間《すきま》なくなされていた。柱の林立する聖堂の中央には、石積みの台座の上に、天井まで届くかと思われる巨大な女神の立像があった。

宵《よい》の今、あたりは塗り込めたような闇に沈んでいる。しかし女神像の周囲にのみいくつもの大きな三脚の燭台《しょくだい》が置かれ、あたりを照らしていた。

女神像の足元には、富豪や貴族からの高価な捧げ物が山と積まれている。そしてその前方に、床面から一段だけ高くなった真っ白な祭壇《さいだん》があった。燭台はその周りに多く置かれている。

祭壇はミュリエッタの寝台を三つ並べたほどの広さで、厚みのある敷物が置かれている。さらにその上に白い敷布がかけられていた。近くには香炉《こうろ》が置かれ、支度部屋のものと同じ香りのする煙がたなびいている。

がらんとした暗い空間に、ぼんやりと浮かび上がる白い祭壇を見て、ようやく儀式を行うのだという実感が、じわじわとわいてきた。

闇に埋もれた堂の隅に、経験を重ねた年かさの巫女が数名、目付役《めつけやく》として座っているはずだ。無体なことが行われないよう、そして必ず儀式が果たされるよう、儀式に臨《のぞ》む神官と巫女とを見張る。それがしきたりだった。

ひたひたという四人分の網靴《サンダル》の足音が、妙に耳につく。

ほんのわずかな音もよく響く造りなのだろう。これでは、少し声を出すだけで目付役の巫女達のところまで届いてしまいそうだ。

自分が世話をする側だったときには気にならなかった、様々なことに気づいていき……そのたびにミュリエッタは自分の鼓動が速まっていくのを感じた。

と、ふいに反対側からひたひたという網靴《サンダル》の足音が近づいてきて、どきりとする。

闇の中から、聖衣に身を包んだエレクテウスが姿を現した。ほのかに光を孕《はら》んで輝く、丈の長い白絹の外衣《ヒマティオン》は、背が高く気品のある彼の佇《たたず》まいを際だたせる。

世話役の見習い巫女達が、思わずといったたていでため息をついた。当の彼に目線でうながされ、彼女たちは我に返ったように礼をして、あわてて去っていく。

ミュリエッタはそれを心細く見送った。顔に出ていたのだろう。彼が静かにささやいた。

「こわいか……？」

「べ、べつに。……こわくなんか……」

嘘だ。本当はこわい。

この間、途中までされたときですら、ひどく淫《みだ》らでつらい思いをした。今日はいったいどんなことが待ち受けているのだろう？

初めて臨む行為の前に、気持ちは竦《すく》んでいた。けれどそれを、彼に素直に告げるのは癪《しゃく》だった。

「……こわくなんか、ない……」

目を伏せて言う。しかし実のところ、心臓は破裂しそうなほどうるさく鳴っている。

頭上から、ため息混じりの声が降ってきた。

「自業自得《じごうじとく》だ。私の言うことを聞いて舞手を辞退していれば、もう少し猶予《ゆうよ》があったのに――」

「……………」

（今そんなこと言わないで……っ）

一生に一度の大事なときだというのに、こんなときにまで失望しないでほしい。

やっぱりエレクテウスとはいやだと、回れ右をして帰りたい――しかし、香の効果の残る身体は火照《ほて》っていた。

目元を赤く染めて、ミュリエッタはぬれた瞳で相手を見上げる。

「最近のエレクテウスはきらい。いじわるなことばっかり言うんだもの」

彼はわずかに眉を寄せ、ちらりと口の端に冷笑をひらめかせた。

「これからそのきらいな男に身体を開かれるんだ。気の毒にな」

祭壇に足をかけたエレクテウスが、手を差し出してくる。

「――おいで」

酷薄《こくはく》な……それでいて艶《つや》やかな紫の瞳に誘われる。

「………」

これは誰？

自分が知っているエレクテウス——いつも冷静で、少々口うるさくて……でもミュリエッタには特別に目をかけてくれている、兄のような人。そんな彼とは別人のようだった。

いたずらな神が、彼の身体を借りて悪ふざけをしている。そう言われた方が、まだ信じることができそうだ。

「ミュリエッタ。……さぁ」

紫の瞳が暗く妖しくまたたく。胸がふるえ、ざわりと肌が粟立《あわだ》った。ふらふらと、知らぬうちにその手を取ってしまう。

おずおずと近づいてきて祭壇に上がったミュリエッタを、彼はあっという間に白い敷布の真ん中に横たえてしまった。

「……っ……」

悠然《ゆうぜん》と覆《おお》いかぶさってきたエレクテウスを間近から見上げ、大きく息を呑む。

（こ、こんな——……っ）

子供の頃から一緒に遊んできたが、こんな体勢になったことは一度もない。焦るミュリエッタの頰を、からかうような笑みを浮かべた彼が手のひらで包む。

「こわいんだろう？　正直に言いなさい」

「こ、こわくなんか……ないってば——あっ……」

言い返しているうちに、両肩の飾りピンが外された。衣は無造作《むぞうさ》に払いのけられ、あっさりと腰まではだけられてしまう。裸の胸がさらされてしまい、ミュリエッタは羞恥《しゅうち》のあまり目を閉じた。一度見られているにしても、やはり恥ずかしいものは恥ずかしい。

そんなミュリエッタを見下ろして、彼は不満そうにこぼす。

「少しはこわがってもらわなければ困る」

「なんで……?」

「男がどれほど危険な生き物か、これを機によく教え込まないとならないからな」

肩から腕にかけて、じっくりと検分するように手のひらでなぞられる。次いで脇、胸、お腹《なか》と、あらゆるところを這《は》う手の感触は、さわられているというよりも、味わわれているというような、なまめかしいものだった。

「奥殿《オイコス》に入り込んでいた異邦人の男。あれもおまえをこんなふうになでまわしたいと望んでいた」

ふいに、そんな思いがけないことを言われて、ミュリエッタはあの青年に同じことをされる場面を想像してみた。しかし青年の純朴《じゅんぼく》そうな雰囲気《ふんいき》からあまりにもかけ離れていて、想像がつかない。

「まさか……」

「そのまさかだ。もし廊下《ろうか》に人気《ひとけ》がなくて、おまえに隙があれば、あの場で襲いかかってきたかもしれないんだぞ」

「……ぁ、……や……っ」

とうとう手が胸のふくらみを包み込んでくる。大きな手のひらが、円を描くようにじっくりとふくらみをこね始めると、すでに香によって昂《たか》ぶっていた身体はすぐに反応し、しびれるような愉悦《ゆえつ》を発した。

「白く慎《つつ》ましやかなこの胸をこうして揉《も》みしだき、硬くなった頂《いただき》に口づけて吸い上げ、おまえが身体をくねらせてもだえる姿を見たいと考えていたんだ」

決めつける口調で言いながら、じっくりと揉み続ける。貼りつくように執拗《しつよう》な手つきは、どこか威圧的で、ミュリエッタを委縮《いしゅく》させる。しかし香の効果に張りつめたふくらみは、甘くうずいてしかたがなかった。

知らないうちに、喉《のど》からとろけるような声がもれる。

「ふ……ぁあ、……っ」

先端がきゅぅっと尖ってきた。それが手のひらに当たってむずむずする。

「それだけじゃない。この引きしまった細い腰をなでまわし、太ももに舌を這わせて、それから昂ぶった己の雄《おす》をおまえのここに――」

すっと胸から移動したエレクテウスの片手が、ミュリエッタの足の付け根にふれた。

「あ……っ」

「挿《い》れたいと願っていた。だから私はきっぱりと追い払ったわけだが……おまえは不満そうだったな？」

あの状況で、そんなことわかるわけがない。

言いがかりに首を振ると、彼は紫の瞳を細める。

「犯されたかったのか？」

「ち、……ちが……やぁ！」

ひときわ高く上がった嬌声《きょうせい》が、聖堂中に響きわたった。ミュリエッタはハッとそれに気づき、声を落とす。

「……やだ、そこ、さわらないで……っ」

指先でくすぐるように秘裂《ひれつ》をいたずらされて、とっさに太ももを重ね合わせてそれを阻《はば》んだ。

すると彼はねらいを変えたようだ。

胸の先端を指でつままれ、くりくりと転がされた。

「ふ、……んんっ……」

まるでよく知った楽器ででもあるかのように、彼の指はミュリエッタの身体の上を迷いなく動き、巧みに声を引き出していく。

「……んぅ……っ、あ、ぁ……！」

しこって敏感になった乳首をつま弾かれ、ぞくぞくと身体にふるえが走った。

「いやだと言うわりに反応はいい」

「だって……エレクテウスだもの……っ」

ミュリエッタは熱にうるんだ目で彼を見つめる。

「エレクテウスに、さ……されてるから――どうしても、……どきどきする――ふぁっ……！」

一瞬、彼の手が止まったような気がした。……が、気のせいだったのかもしれない。

もう片方の胸も、果実をもぐように手のひらにすっぽりと包みこまれた。つかまれた胸が、彼の指の形にたわんでいるのが目に入り、羞恥《しゅうち》にいたたまれなくなる。

だってあの指は、目をつぶっても思い出せるほどよく知っている。これまで自分の目の前で竪琴《リラ》を奏じていた。パピルスの巻物を紐といていた。外衣《ヒマティオン》の襞《ひだ》を調えていた。……ミュリエッタの頭をなでてきた。

その指が、隙間《すきま》からはみ出すほど強くミュリエッタの胸をつかんで揉んでいるのだ。そう思うと、顔中が心臓になったようにどきどきした。

「んっ、んぅ……ふ……ぁ……」

「私にふれられるのは、いやなんじゃなかったのか？」

「やだ……やだ――あ、ぁ……ぅ」

拒《こば》みながらも身もだえるミュリエッタに、彼が怪訝《けげん》そうに秀麗《しゅうれい》な眉宇《びう》を寄せる。

「……わからないな」

わからなくて当然だ。これはミュリエッタのわがままなのだから。エレクテウスが自分だけのものであってほしい。そうでないなら、いたずらにかまわないでほしい。

快感を教えておきながら、それはただの一回限りで、あとはイリュシアのものだと言われるのは……つらい。

「いやなの、……本当は、エレクテウスとなんて……、いやだった……っ」

「そうか」

あくまでくり返される拒絶に、冷たい声が応じる。どきりとするミュリエッタの上で、エレクテウスが息をついた。

「いつまでそんなことが言えるか、楽しみだ」

そして、すっかり頂をとがらせた胸をしげしげと見下ろしてくる。

「雪原にひとひら落ちた花びらのようだな、ここは」

「あっ、……あぁ……！」

ぺろりと先端を舐《な》めた後、おもむろに口に含まれ、ミュリエッタは必死に声をこらえた。

香と手淫《しゅいん》によって尖りきったそこは、ひどく敏感になっている。熱くぬめった舌に舐め上げられると、表面のざらざらとした感触までしっかりと感じてしまった。

「ひゃ――あ、ぅ、……やぁ……っ」

その上舌は生き物のようにうごめいて、乳首を強く押し込んだり、からみついたりする。さらには、官能を必死にこらえるミュリエッタをあざ笑うかのように、舌先でつついてくすぐってくる。

「ふぅ……、ん……！　んん、……っ」

せっかく声を押し殺しているのに、エレクテウスは逆にちゅくちゅくと音をたてるように舐めた。声を我慢すればするほど、胸の奥がきゅんきゅんとうずく。

「は……やだ――や……あぁぁん！」

恥ずかしい快感にたゆたっていたところで、いきなり強く長く吸い上げられ、ミュリエッタは思わずあられもない叫び声を上げ、びくびくと身体《からだ》をしならせた。

気持ちよさのあまり、一瞬頭が真っ白になる。呼吸を荒げていると、薄くほほ笑んだエレクテウスが見下ろしてきた。

「気をやったのか？　このくらいで？」

笑み混じりの揶揄《やゆ》に、ミュリエッタはカァァ……ッと頭に血が昇らせる。先日一度経験した、あの衝撃的で甘やかな感覚について、さりげなく年上の巫女達に訊いたのだ。すると、それは快感に我を忘れてしまうと陥《おちい》る状態で、淫《みだ》らな身体ほど起こりやすいとのことだった。

エレクテウスもそう思っているのだろうか。いま笑っているのは、あまりにも淫らな子だとあきれているから？

ミュリエッタはふるふると首を横に動かした。

「ち、ちがう……。だって、エレクテウスが……っ」

「そう。私がちょっと胸を舐めただけで、おまえはすぐに達してしまったわけだ」

「慣れてなかったからだもの！　慣れれば、そんな――」

「責めてはいない。いやらしいというのはいいことだ。……私に組み敷かれているときに限っての話だが」

「わっ、わたし、いやらしくなんか……」

「どうかな？」

試すように言って、彼はつんと勃《た》ち上がった乳首を指先で弾いた。

「ふぁん！」

ぴりっ！　と走った強い刺激に声がもれる。

「ほら、こんなに硬くなって……、石榴《ざくろ》のように真っ赤にぬれて輝いている。もっと舐めてほしそうだな」

紫の瞳がからかうように訊ねてきた。

「……やだ……っ」

「では他のところから責めようか？　ここなんかどうだ？」

エレクテウスはミュリエッタの両手を頭上に持っていき、大きな左手でひとくくりにして押さえつけた。それから腕を上げたことでさらされた、上腕のやわらかいところを唇でついばんでくる。

「や、やだ、……くすぐったい……！」

ちゅっ、ちゅっ、とついばまれることに、身をよじらせる。胸をいじられるときのように強いものではないにしろ、じわじわとした愉悦《ゆえつ》が発しては、肌の下に溜まっていった。

そのくちびるが脇の下に達すると、たまらずにまた声を上げてしまう。

「ひゃぁ！　……や、だめ、そこ……あぁ……っ」

ひどく繊細な部分に唇が吸いつくくすぐったさは、上腕の比ではなかった。あえいで身体をくねらせる様子から、そこが弱いと知るや、彼はさらに舌でざらりと舐め上げる。

「やぁぁ……あ——あぁ……！」

たまらずに逃げようとするものの、両手を頭上で押さえられてしまっているため動けない。愉悦《ゆえつ》に惑うミュリエッタの懇願《こんがん》もどこ吹く風と、エレクテウスはさらにそこに舌を這わせ続けた。

「やめ、て、そこ——やだ、やめ……あぁ……あっ」

執拗《しつよう》な責めに、ミュリエッタはすでに聖堂中に絶え間なく響く自分の声を、殺そうと思う余裕すらなくしていた。

彼が手首を放したときには、ぐったりと脱力したきりになる。彼はその耳の中にまで舌先を入れてきた。

「他に舐めてほしいところはあるか？」

くちゅくちゅ……という淫靡《いんび》な音に、鼓膜《こまく》が犯されているかのよう。

「ふぁ……ぁっ」

腰のあたりからびりびりと愉悦が発し、ミュリエッタは背筋をしならせた。

「おまえの胸をかわいがるために、私はどれだけの回り道をしなければならないのだろう？」

「え……？」

「おまえがいやだというなら、私は他のところを舐める。そうするとどんどん行為の時間が長びいていくんだが……わかっているか？」

くすくすと笑いながら言われ、ミュリエッタは彼が待っている言葉を察した。しかし口には出せない。出せるわけがない。胸をかわいがってほしいだなどと――

エレクテウスの指先が――爪が、胸の先端をカリッとひっかく。

「んん……！」

「次はどこがいい？」

「………」

「脇腹がいいかな」

そんな言葉と共に、指先がつつ……と脇腹をたどった。

「……あ……っ」

「それとも臍《へそ》まわり？　おまえはどちらも弱そうだ」

「……………やだ……」

「ではどうすればいい？」

すべてを見透かした紫の瞳に、誘うように問われ、くやしくなる。

わたしはいやらしくなんかない。そう思うのに、このままではもっともっと乱れる様を彼に見せてしまうばかり。それなら――。

迷いを押し殺すように目を伏せ、ミュリエッタはぽそりと告げた。

「む、胸がいい……」

「ん？」

わざとらしく訊き返され、頬《ほお》を染める。

「だ、だから……胸に……」

彼は紫の瞳でじっと見すえてきた。あいまいな言葉では許されないらしい。そう気づいて、ミュリエッタはせめてもの抵抗で、顔を横に背ける。

「今度は……、き、気をやらないように我慢するから、……胸を、舐めて……」

なにを口にしているのだろう？　ねだった言葉への羞恥《しゅうち》に、耳ならず首まで赤くなる。

彼はちらりと笑った。

「気持ちよければ気をやってもかまわない。言っただろう？　私はいやらしい方が好きだ」

ミュリエッタの胸元に端正な顔を伏せる。肌に、彼の髪がさらりとこぼれ落ちた。

「や！　……あ、ぁん……！」

エレクテウスは口腔内にミュリエッタの乳首を吸い込み、先ほどよりも熱心に吸いつき始めた。舌でねっとりと舐め上げられ、くにくにと舌先で転がされてから、くちびるできゅっと甘《あま》噛《が》みされる。とたん、びりっと発した甘い戦慄《せんりつ》に、腰が大きくゆれてしまった。

「きゃうっ」

あらぬ場所までがきゅんと疼《うず》き、とろりと蜜をしたたらせる。ハッとしたミュリエッタは、それがこぼれないよう、もじもじと大腿《ふともも》をこすり合わせた。

もう片方の乳房では、いたずらな手がぐにぐにと少し強めに揉《も》みしだいてくる。

「う、ぁぁ……ぁっ」

香に昂ぶった身体は、たったそれだけでもう耐えられないほどわなないてしまった。

しかしくちびるは、まだまだ過敏な頂を解放する様子もなく、くちゅくちゅとぬれた音を立てて食《は》んでいる。やわらかく、ざらりとした舌で何度も何度もくすぐられると、ぴんと勃《た》ち上がった乳首がたまらない疼きを発し、ミュリエッタを打ち震わせた。

「や、も、ダメ……！　そんなに……したら、ダメだったら――やぁぁ……っ」

口ではそう言いながら、ミュリエッタは気づけばエレクテウスの後頭部に両手をまわし、抱きしめる形だった。ここに来るときすでに火照《ほて》っていた身が、さらに激しく熱を帯び、まるで風邪《かぜ》をひいたときのように頭がぼぅっとしてしまう。

その愉悦《ゆえつ》は下肢《かし》にも伝わり、足の付け根がどんどん濡れていくのが分かった。

「淫《みだ》らな声をもっと出すんだ。向こうでのぞき見ている巫女達までも興奮させるくらいに」

低く艶《つや》やかなささやき声に、背筋がぞくぞくと粟《あわ》だった。

ふくらみを揉んでいた手が、ふいに力を増してくる。下からすくい上げ、つかむように押しつぶされる中、指先に先端をきゅっと引っ張られ、「ひぅん！」とのけぞった。

その時、さんざん舌先で弄《もてあそ》ばれていた乳首が、ふいにきつく吸い上げられる。ちぎれてしまいそうなほど強い刺激に、ミュリエッタは白い喉《のど》をさらして嬌声《きょうせい》を上げた。

「や、あ、あぁぁぁっ……！」

びくびくと身をこわばらせるミュリエッタの上で、彼は低く笑う。

「あっけないものだな」

今の今まで乳房を食《は》んでいた口が、揶揄《やゆ》を込めて言った。

「いずれ……仕置きの機会があったら、一晩で何度いけるか試してやろう」

「わたし……、そんなに、淫らじゃ――ない……」

はぁはぁと息を調えながら、ミュリエッタはやっとのことでそう反論する。彼は眉を片方だけ上げてみせた。

「この間、ちょっといじっただけですぐに達してしまったのに、よく言う」

「ちょっとじゃないもの！　うんと長い間だった」

「あんなの長いうちに入るものか。……淫らではないというのなら、今夜はもう少しがんばってもらおうか」

そう言うと、彼はミュリエッタの装束の裾《すそ》を、勢いよくまくり上げた。

「ひゃっ」

大腿部《だいたいぶ》どころか、その奥までも露わにさせられ、ミュリエッタは驚愕《きょうがく》する。

飾り帯で留められているため、すべてがはだけてしまうことはない。けれど腰の部分に帯に引っかかった衣がまとわりついている程度だ。裸も同然である。

どうしよう、と混乱しているうちに、エレクテウスは飾り帯をも解いてしまった。わずかに残っていた衣を彼が手で払いのけると、ミュリエッタは生まれたままの姿になってしまう。

白い祭壇《さいだん》で、燭台の明かりに照らされて。それはあますところなく彼の目にふれているはずだった。

紫の瞳は、妖しい光を浮かべてただじっと見下ろしてくるばかりで、何も言葉を発しない。

「……や……」

組み敷かれ、だまって見下ろされているうちに、いたたまれなくなってくる。なんとなく、ミュリエッタはそろそろと腕を上げて胸を隠した。そして大腿《ふともも》を重ね、なるべく秘部が見えないようにする。

それに対し、エレクテウスは冷笑で応じた。

「いまさらだ」

そして肌に触れるか触れないかのところを、すぅっと指でたどる。

「巫女装束の上から想像したとおりだな。胸は成長途上だが、足は細すぎない程度にほどよく肉がついていていい。何よりこの腰……。まろやかに引きしまって、男がふれずにいられない蠱惑《こわく》に満ちている。……舞踏の成果かな」

「ふ、服の上から、そんなことを想像してたの……?」

「私だけはない。おまえは気づいてないようだったが、他の神官たちも物欲しげにおまえの腰を目で追っていた。……アシタロテ神殿の巫女装束は、女の身体《からだ》つきを想像させる作りなんだ。これからはちゃんと認識して身につけるんだな」

そう言いながら、彼は何気なくミュリエッタの両の膝頭に手を置いた。

ミュリエッタは、「あ……」と目を見開く。

「どうした? 胸で達しただけで終わりだとでも?」

「……でも、……でも…………っ」

「もう少し先まで、この間予習しただろう? 私の肘までしたたるほど濡らして悦《よろこ》んでいたじゃないか」

「や……！　言わないで……っ」

「足を開きなさい。話はそれからだ」

「…………っ」

「……開きなさい。それとも力ずくでされたいのか？」

「う……っ」

威圧的に言われ、ミュリエッタはおそるおそる自分で足を動かした。胸を隠していた手で、今度は顔をおおう。

「も、やだ……」

恥ずかしすぎて身体中が燃えてしまいそうだ。しかしすぐにそれどころではなくなった。エレクテウスの指が秘処《ひしょ》にふれてくる。

「あぁっ……」

くちゅ……、という粘ついた音があたりに響いた。

「これは……この間よりもすごい。敷布までしたたるほどぬれているじゃないか」

「え……」

先ほどから、股《また》の間が湿っているのは気づいていた。でも。

「わ、わたし、……そんなに……？」

「それほど私の愛撫《あいぶ》を気持ちよく感じていたということだ。……敏感な、いい身体だ」

「初々《ういうい》しい花弁が、べったりと蜜にぬれている。刺激的な眺めだ……」

喉《のど》の奥で笑われ、顔が紅潮してしまう。淫らじゃないと言ったそばから、なんということだ。

「やだやだ、言わないで——きゃぁ……ぁ！」

くちゅくちゅと花弁の割れ目を指でたどられて、ミュリエッタの身体がびくりと跳ねた。指は割れ目の中に潜り込み、その中に埋もれた花芯《かしん》を掘り起こそうとしている。

「やぁっ、……ん、ぁぁ……っ」

ミュリエッタは強く足を閉じて、それから逃れようとした。すると彼はこともなげに、ぴったりと閉ざされたミュリエッタの両膝を片手で祭壇に押しつけ、今度は尻の方から秘裂《ひれつ》にふれてくる。

「んぁぁ……っ！」

横向きになっていたミュリエッタの上半身が跳ね上がった。

「あ、やっ、やだ……ったら……ぁああ！」

ちゅくちゅくと割れ目を探索していた指が、前方の上にある突起をようやく探り当てたのだ。すると指は、秘裂を満たしていた蜜をかき集めるようにして、その突起に塗り込めてくる。

下肢から迫り上がってくる気持ちのよさに、うつ伏せたミュリエッタの上体がびくびくとふるえた。

「ふぅん、あぁっ……、あ！」

ぬめついた突起が、指の淫戯《いんぎ》にくにくにと弄《もてあそ》ばれる。時にぐっと押し込むように。時にきゅっと引っ張るように。そして指の腹でころころと左右に転がされた。

そのたび、ミュリエッタの喉からひっきりなしに高い声が上がる。

「きゃぁ……あぅ！　それっ、ダメ……ぇ！　い、いじっちゃ、や——あぁぁ……っ」

閉じた膝を押さえつけられているため、下肢の自由が利《き》かない状態で、ミュリエッタはうつ伏せにした上半身を敷布に押しつけて、ただ耐える。

しかし淫虐《いんぎゃく》はそれだけでは終わらなかった。

「ひゃぁん！」

臀部《でんぶ》から秘裂をたどっていたエレクテウスの指が、突然蜜口《みつくち》の中へと押し込まれてきたのだ。したたる愛液は、指の動きにいちいち淫猥《いんわい》な音を立てる。蜜壁は侵入してきた指をはしたないほど締めつけた。

エレクテウスはその感触を味わうように、じゅく……じゅく……、と蜜壺《みつつぼ》をゆっくりかき混ぜる。

「やはりせまいな。じっくりならさないと……」

「やぁ……、な、中……動かしちゃ……あぁ……っ」

「しばらく出し入れすればなじむ。この間もそうだったろう？」

ちゅくちゅくと抜き差しをしながら、彼は「それより……」と改めてミュリエッタを見下ろした。

「指だからこの格好でも何とかなっているものの……、破瓜《はか》となるとこの体勢では苦痛が大きいと思うが？」

「ふぇ……？」

「だから、これからこの中に――」

言葉を切って、彼は指で蜜洞《みつどう》をぐちゅ……っとかきまわす。

「私自身を挿《い》れるんだ。それが成人の儀の仕上げとなる。知らなかったのか？」

「あ……う……し、知ってる」

消え入りそうな声で応じた。年長の巫女達から、そういったことはいちおう教えられた。とはいえ……それがどんな形で、どのくらいの大きさなのかは、はっきりとは聞いていない。

ミュリエッタは、ふとエレクテウスの股間《こかん》に目をやった。だが衣服に隠れていて見えない。

――直後、紫の瞳と視線が重なり、はっとする。

相手は見透かしたようにフッと笑った。

（いやぁぁ……っっ）

恥ずかしさに顔を敷布に押しつけて身もだえる。

「こちらもまだ完全には準備が整っていないが――」

エレクテウスは笑いをこらえる面持《おもも》ちで言った。

「挿れるときには指とは比べものにならない大きさになっている」

「せ、説明いらないから……！」

「では結論を言おう。足を開いた状態で、正面から。それがおまえにとって、もっとも楽にすむ体勢だ」

「ふぅぅ……っ」

敷布を見つめて羞恥《しゅうち》をこらえる。こんなことなら、さきほど膝を閉じなければよかった。まさか二度も自分で足を開かされるだなんて！

膝を合わせたままぐずぐずしているミュリエッタに、彼は片眉を上げる。

「それともこのままやるか？　あるいは腰を上げさせて、後ろから貫いてやろうか？　獣のように」

「やっ……そんなの、うぁぁ……っ」

秘処《ひしょ》に、もう一本指が埋め込まれてくる。二本も受け入れるのは初めてだった。きつい。蜜壁が引きつるような感覚に、気持ちがひるんでしまう。

（これよりももっと大きなものなんて入らない……）

年かさの巫女達が、初めてのときは痛いと言っていた理由を察した。痛いのはいやだ。でも足を閉ざしたままでは、普通よりもつらいらしい。

「あぁぅ……！」

迷っている間に指がもう一本増やされ、ミュリエッタは背後へ息も絶え絶えに訴えた。

「やだ、痛いっ…………あ、足開くから、待って……——っ！」

「……なんとも、色気のない言い方だな」

苦笑する気配と共に、くちゅ……、と音を立てて指が三本とも引き抜かれる。

「はぁ……、はぁ……」

胸で大きく息をしながら、ミュリエッタはうつ伏せになっていた上半身をゆっくりと起こした。座った状態で、閉じていた膝をおずおずと開く。

それだけで、ちゅ……と、かすかにぬれた音がした。いったい自分のそこがどのような状態になっているのか、想像もつかない。

「いい子だ」

ミュリエッタが言うことを聞いたからだろう。エレクテウスは満足そうにほほ笑んで、蜜液でてらてらと光る自らの指を、ふたたび一本ずつ埋め込んでくる。

「ふぁ、ぁ……っ」

濡れそぼった蜜洞は、先ほどよりは楽に三本の指を呑《の》み込んだ。それでもいっぱいに拡げられ、ぎちぎちと媚壁《びへき》がきしむ。

しかし彼がしばらく指を出し入れしていると、蜜がすべりを助けるせいか、次第になじんでいった。そしてミュリエッタの緊張が解けた頃、親指が秘裂の上部にある淫芽《いんが》への悪戯《いたずら》を再開する。

「きゃぁあっ」

蜜壺の中と外とを同時にいじられ、それまで漠然《ばくぜん》と下腹に溜まっていた快感が、一気にあふれ出した。

「あぁっ、はぁぁ……、んん！」

淫猥《いんわい》な水音と、下腹を刺激してやまない鋭い戦慄《せんりつ》とに、ミュリエッタは上半身を丸めて耐える。しかも中をかきまぜる指のうちの一本が——もっとも繊細《せんさい》に動く一本が、淫芽の裏のあたりを探るようにたどった。

「ぁ……、な……なに……？」

指がぐり、と一点を刺激してきた瞬間、びりっと痺《しび》れるような甘やかな感覚が下肢で生じる。

「ひぅ！」

「このあいだ見つけた、おまえの秘密の場所だ」

彼は舌なめずりするように笑う。腰が蕩《とろ》けるような感触とともに、どっと愛液があふれ出すのが、自分でもわかった。

しつこくそこばかりをこすられているうち、衝立《ついたて》のように身体《からだ》を支えていた腕から力が抜けてしまう。ミュリエッタは敷布の上に仰向《あおむ》けに倒れ込んで身体をくねらせた。

「やぁ……やだっ、やだそこ……、いじっちゃ……ぁぁあっ」

秘芽と内側の一点、特別に敏感な二箇所《かしょ》を同時にいじられ、淫《みだ》らに腰が揺れてしまう。直後、えもいわれぬ戦慄《せんりつ》が弾け、ミュリエッタは開いた大腿《ふともも》をびくびくと痙攣《けいれん》させて、敷布をぎゅっとにぎりしめた。

「また達したか」

そう。にもかかわらず蜜壁は、勝手に彼の指にきゅうきゅうとからみつく。

「なん……でぇ……っ？」

「おまえの身体が、早く私をくわえこみたいって言っているんだ」

「ちが……わたし、そんなこと――」

「時に身体は心を裏切るものだ」

揶揄《やゆ》をふくんだささやきに、心は反発したものの、下肢の奥はジン……と痺れ、またも指をしめつけた。彼は「そらみろ」と言わんばかりに、ぐちゃ……、と音を立てた。

「……はぁ……、ぁっ、……ん……っ、……んん……っ」

ミュリエッタの蜜洞が、突き入れられた三本の指が動いても痛みを発しなくなった頃。

ようやくエレクテウスは指を引き抜いて、自分の帯に手をかける。そして内衣《キトン》までをするりと脱ぎ捨てて、ようやく裸になった。

「…………っ」

神殿に置かれている神々の彫像にも似たその身体に、ミュリエッタは息を呑む。内衣《キトン》から時折見え隠れしていたため、薄々見当はついていたものの、実際に目にすると、想像していたよりもずっと美しいものだった。

均整の取れた細身の身体は、絞《しぼ》り上げたかのように引き締まり、無駄なものが欠片《かけら》もない。神官になるための一過程として、彼も舞踏をこなしていたはずだから、そのせいかもしれない。

しかし暴力と縁遠い生活の常として、なめらかな肌には傷ひとつなく、肩も腕も胸板も、なめした革のようにどこまでも艶《つや》やかだった。

うっとりと見上げていると、エレクテウスはミュリエッタの足を、それまでとは比べものにならないほど大きく割り開く。燭台の明かりのもと、彼の目に秘処《ひしょ》があますところなくさらされる体勢に、ミュリエッタはうろたえて首をふった。

「や、ヤダ、この格好……！」

「おまえは何をしてもヤダしか言わないじゃないか」

取り合わず、彼は自分の右手をミュリエッタに見せつけるように持ち上げた。ミュリエッタの蜜壺をさんざんかき回していたその手は、仄《ほの》かな明かりの中で、手首までのほぼ全体がてらてらと光っている。

その淫らな光景に……、それが自分の秘処からこぼれた蜜のせいだということに、ミュリエッタは顔が紅潮し、喉《のど》がカラカラになった。

「や、……見せない、で……！」

すると彼は、その蜜を屹立《きつりつ》した自分の雄《おす》になすりつけ、ミュリエッタの秘処にあてがう。ぐっと押し当てられたその感触は、熱く、脈打っていて、直視はできないにもかかわらずミュリエッタをおののかせた。

「今からおまえはこれで、女になる」

秘裂《ひれつ》の上を、雄がゆっくりと前後する。凹凸のある幹に秘芽がぐにぐにとこすられると、それだけでミュリエッタの身体はびくびくとふるえてしまった。同時に下腹が、何かを求めるようにせつなく疼《うず》く。

「いいな?」

「エレクテウス……」

不安をこめて彼の名前を呼んだとたん、ズ……と熱くて重いものが押し込まれてくる感覚に襲われた。

「あ……、ぅあ……っ」

ひるむ気持ちから、思わず逃げてしまいそうになる。しかし腰はしっかりとエレクテウスに捕まえられており、退こうとするとすぐに引き寄せられた。

「う……あ、……くぅ……っ」

彼はゆっくりと少しずつ押し入ってくる。楔《くさび》にぎちぎちと拓かれていくようだ。でも他の巫女が言っていたような、身体が二つに裂けてしまいそうなほど、という痛みではなかった。

ミュリエッタが身体に力を入れすぎていると、彼は花芯《かしん》をくすぐって蜜壁のこわばりを解こうとしてくる。肉茎の大部分を埋め込んでしまうと、彼はミュリエッタの大腿を抱えるようにして、押し込めるようにさらに体重をかけてきた。

「ひぁぁ……！」

胸が詰まるほどの圧迫感。けれどエレクテウスと裸で抱き合っているということに――彼のものに初めての身体を拓かれていることに、感動する心も確かにある。

「……っ、も、……終わり？」

彼が動きを止めてから、ミュリエッタはか細い声で訊ねた。隘路《あいろ》に苦心しているのか、何かをこらえる様子だった彼が、紫の目を上げる。幸せな気分でそれを見つめた。

「わたし、大人になった……？」

「まだまだ序の口だ。次はこれをこうして……」

エレクテウスが試すように腰を揺らすと、そこからズン、と鈍い痛みが発する。

「うぅ！」

「出し入れしておまえを啼《な》かせるという作業がある」

「作業……」

「奥まで充分に味わってから一区切りつけよう。もう一度できるかどうかは、その時の様子次第だな」

俯瞰《ふかん》するような、事務的な言い方に、それまで感じていた幸せな気分がたちまちしぼんでいった。身体はつながった状態であるというのに、彼の心が一気に遠ざかったような気がする。

……見えなくなる。

やがてエレクテウスは、わずかに楔を引き抜いては奥を突くことをくり返し始めた。

「あ、……んっ、……ん……！」

「幸い時間はたっぷりある。おまえがもう二度と勝手な真似《まね》をしないと誓うまで、存分につき合ってやろう」

「んぁ……ぅあ、……あぁっ、……」

ゆさぶられるたびに感じる鈍痛よりも、心の方がシクシク痛んでいた。

そうか。これが「作業」か。ミュリエッタを大人にするための、最後の仕上げ。

(だから……だからやだって――)

自分は彼のように、行為と気持ちとをうまく切り離すことができない。

これ以上ないほど親密な行為を通して、彼への想いはふくらんでしまった。まるで彼が、いまは自分だけのものであるかのように感じてしまった。

そんなのは勘ちがいだと、いつもであれば傷つく前に心を引き止めることができるのに！

「ふぁぁ……っ」

ゆさぶられながら、眦《まなじり》からぽろぽろと涙がこぼれた。エレクテウスが、それを目にしてハッと動きを止める。

　ミュリエッタは両手の甲を眉間《みけん》に置き、目を隠した。

「……やさしくして」

　泣き声にならぬよう気をつけて、そっと言う。

　儀式でしかない行為に気持ちを込めてしまったのは、たぶんミュリエッタが未熟だから。彼のせいではないけれど。

「エレクテウスにとっては……、『お勤め』かも、……しれないけど、私には――」

　ミュリエッタにとっては人生で一度の、初めての体験なのだ。おまけに……初恋の相手との。想いを返してほしいとまでは望まない。けれど、せめてもう少し温かいものであってほしい。

（エレクテウスは、どうして私の成人の儀を受け持ちたいと思ってくれたの……？）

　目をかけていた昔なじみとして、責任を感じていたというだけ？　それとも――ミュリエッタがつらい思いをしないようにと、そんな気持ちがもし少しでもあったのだとしたら……。

「わたし、エレクテウスにやさしくされたい……」

　涙に濡れた目で見上げる。……と、中に収められたままの彼自身が、びくびくとふるえるのが分かった。

　その反応にミュリエッタは「ん……っ」と息を詰める。

「そうだったな」

額に、エレクテウスはくちびるを落としてきた。そのやわらかな感触に目を上げると、紫の瞳が思いがけず間近からのぞき込んできていて、ミュリエッタは目を見開く。

彼はややためらう様子を見せてから口を開いた。

「好きだ……と言ったらどうする？」

「え……？」

「小さな頃から、ずっと見てきた。美しく成長していくおまえを見て焦っていたと言ったら、どうする？」

「焦る？　……なんで？」

「まだ……もうしばらく、大人にならないでいてほしいと――」

（…………）

好きだと、この声に――彼にささやかれていることは夢のようにうれしい。しかし……ともはや条件反射のような意識が、舞い上がりそうになるミュリエッタを引き止めた。

彼はイリュシアを愛しているのだ。好きなどという言葉よりももっと深い想いをこめて。

やるせなく見つめるミュリエッタに何を思ったのか、彼はふたたび額にくちびるを落としてくる。

「……口づけてもいいか？」

「え……？」

額への口づけなら、たった今しているのに。そう思いながらうなずいた。

するると彼が顔を近づけてきたので驚いてしまう。

（え、えぇっ……⁉）

とまどっている間に、くちびるが重なった。軽くふれるだけのものだ。それでも、熱くやわらかい感触に胸がふるえた。

そのふるえはひどく感動的なものだったので、素直に下肢《かし》にまで伝わってしまう。蜜壁がぴくんと反応したことに、当然気づいたのだろう。そこに屹立《きつりつ》を収めたままのエレクテウスが、くすりと笑った。

「気に入ったみたいだな」

そして、恥ずかしくなって背けようとした顔に、再度くちびるを重ねてくる。

今度はふれるだけではなく、しっかりと押しつけられてきた。ミュリエッタのくちびるを味わうかのように、食《は》んだり、舐《な》めたりした後、わずかに開いていた隙間《すきま》から、舌を差し込んでくる。

「……んぅ……⁉」

予想外の出来事にミュリエッタは目を見張った。するとエレクテウスの顔が視界いっぱいに広がり、あわてて目を閉じる。慣れない反応をおもしろがるかのように、彼は舌で口腔《こうこう》内のあちこちをくすぐった。

ミュリエッタはそれにいちいちうめき声を上げる。口の中がこんなにも敏感なものとは、初めて知った。

さらに、ぼんやりとたゆたっていたミュリエッタの舌に彼のそれが重ねられると、胸や腰から沸き立つように甘い痺《しび》れが生まれてくる。それはさざ波となって全身へ広がっていった。

「ふ、ん……んん……う……っ」

お腹《なか》がきゅん……と疼《うず》き、先ほどとは比べものにならないほど、蜜壁がびくびくとふるえる。

その反応に気をよくしたのか、彼の舌はさらに情熱的にミュリエッタの舌にからみついてきた。角度を変えて、深さを変えて。延々と続く心地よさに頭がぼうっとしてきた頃、急に舌を強く吸い上げられ、ミュリエッタは身体《からだ》をこわばらせる。

それはまるで全身が溶けてしまうかのような、激しい感覚だった。

「ふ、んぅぅぅ……っっ！」

口づけをしただけだというのに、くったりと横たわったきり、どこにも力が入らなくなってしまう。

すると、そこでいったんくちびるを離した彼が、「そろそろいいか」とふたたび腰を動かし始めた。

「あぁっ……！」

ずん、と奥を突かれたとたん、大きな快感が身体を走り抜けた。

呑《の》み込んだまましばらくじっとしていたせいか、蜜洞《みつどう》はすっかり彼自身の大きさになじんでいたようで、ゆったりとした抜き差しを苦もなく受け入れている。否《いな》、それどころか凹凸のある屹立《きつりつ》で蜜壁をこすられると、また別の甘い感覚がわき上がってくる。

「んっ……ふ、ぁあっ……あぁ……っ」

「悦《よ》くなってきたな」

「んっ、……んんぁ……！」

締め付け、からみつく蜜壁を味わうかのように、彼は奥までずん、と突いてからゆっくりと引き抜く動作をくり返す。そのゆったりとした抜き差しに、ミュリエッタの腰は骨がなくなってしまったかのように、ひとりでにくねくねと動いた。

「ミュリエッタ、こっちを見るんだ。蕩《とろ》けた顔をよく見せて」

「と……、蕩けた……顔……？」

「私のものに感じてとろんとした顔だ。……あぁ、いいな。腰にくる表情だ」

屹立が、埋め込まれてきたときよりも、さらに大きくふくらんだ。

「ふぁ……っ、う、や、……きつ……っ」

「きついだけじゃないだろう？」

彼は含み笑いで言い、つながった下肢に目をやる。

「深々と、奥までよく呑み込んでいる。おまえのここは、私の形に合っているようだ」

ミュリエッタは懊悩《おうのう》の狭間《はざま》に、ぽやんとした頭で思ったままを口にした。

「……っ、ほん、と……？　うれしい……──エレクテウス……っ」

届かぬ想いを追いかけるように手を上げると、彼は、それまで抱えていたミュリエッタの両脚を離して上体を傾けてくれた。

思いがけず届いた彼の首に、ミュリエッタは力いっぱいしがみつく。その脇に手をついて彼はそれまでよりも強く、屹立をがつんと穿《うが》ってきた。

「あっ、……ぁあんっ……ふ、あぁ……！」

「……好きだ」

突然降ってきた声に、ミュリエッタは青い瞳をはたと開いた。

「好きだ、ミュリエッタ……」

間近からこちらを見つめて、彼はそんなことを口にする。

なぜだろう？　うまく思考のまとまらない頭で考え、そしてようやく先ほどの自分の言葉に思い至った。

『やさしくして』

そう頼んだからだ。だから彼は、その言葉のままにふるまい、喜ばせようとしているのだ。

「エレクテウス……！」

うれしさとさみしさに、胸がしめつけられる。そして強く奥を突きあげられるたび、高く嬌《きょう》声《せい》が上がるようになった。

「好きだ、ミュリエッタ。抱いてしまいたいと思っていた。ずっと……」

彼もまた、ひどく身体が熱かった。抱きつくとわかる。麝香草《タイム》の香りが濃くたちのぼってくる。その香りに酔いしれながら、告白の囁《ささや》きにあおられたミュリエッタの身体は、初めてと思えないほどどん欲に快感を追った。

長い時間をかけて、その官能がこれ以上ないほど膨《ふく》れ上がった頃。

彼は肌を打つ音が堂内に響くほど、突きあげる勢いを激しくする。膨れ上がった切っ先が、がつがつと絶え間なく奥を穿《うが》った。

「くっ、ふぁ、……あぁっ……あぁぁっ……！」

喜悦《きえつ》が大きな波となってせり上がってくる。長いこと擦られていた媚壁《びへき》はすっかり痺れており、あと少しというところになってからずっと、ミュリエッタは物が考えられなくなるほど気持ちがよかった。

「あっ、ぁあ……あぁぁぁあっ……！」

波の頂《いただき》に到達した身体がびくびくと引きつる。ぎゅぅっと彼自身を締め付けたまま、その状態がしばらく続く。

あまりにも長く続いたせいで、ミュリエッタの意識は真っ白くなったまま、いつの間にか途切れていた。

＋＋＋　　　　＋＋＋

女性用殿舎の奥には、聖巫女のための専用の住まいが設けられている。

翌日。自分の部屋に戻って休んだ後、ミュリエッタはしきたりに従い、午後になってから聖巫女であるイリュシアの元へ無事に儀式を終えたことを報告しに向かった。しかし。

「あ、いたいた。……ミュリエッタ！」

目的地までたどり着く手前で、同じ年頃の巫女達に呼び止められる。彼女達は、白い巫女装束をひるがえす勢いで追いかけてきて、ミュリエッタを取り囲んだ。

「み、みんな……どうしたの？」

何やら期待に満ちた顔でこちらを注視してくる少女達の勢いに呑まれながら応じると、相手はじれったそうに詰め寄ってくる。

「どうしたじゃないでしょ。あなたが来るのを待ってたのよ」

「さぁ、きりきり白状しなさい」

「白状？」

訊き返すと、少女達は「きーっ」と激昂《げっこう》した。

「もったいぶるんじゃないわよ！」

「エレクテウスさまよ。どうだったの!?」

「え、どうって……」

「何言われた？　どんなことされた？」

「ここ数年、彼に成人の儀を受け持たれた巫女はいないんだから。話くらい聞かせなさいよ！」

そう言いながらも、彼女たちは頬《ほお》をバラ色に染めて勝手にしゃべり始める。

「初めての子でも、とぉってっても気持ちよくなれるんですって？」

「前にエレクテウスさまが成人の儀の相手をした年長の巫女達は、『一晩中、天国に行きっぱなしだった』って話してるのよ！」

きゃぁぁっ、と上がったあけすけな嬌声《きょうせい》に、ミュリエッタは真っ赤になった。そして自分の時のことを思い返す。

（て、天国……？）

たしかに天にも昇るほど幸せだった。

彼は、途中までは意地悪だった。作業と言い、勤めであることを隠そうともしなかった。けれどミュリエッタが懇願《こんがん》してからは、びっくりするほど優しくなった。それでもやはり、喉《のど》に引っかかって抜けない小骨のように、つらい気分がつきまとった。

彼らしくないやさしさも、言葉も、ミュリエッタの緊張をとくためのもの。儀式を受けるミュリエッタが望むようにふるまってくれただけだ。

そう感じて悲しくなった。それなのに身体は、大きすぎるほどの快楽の前に、彼の思いのままに乱れた。

……甘く、苦い夜だった。

「わ、わたしは……そんなことは……」

「つまりなに。気持ちよくなかったの？」

ずばりと訊かれ、たじろいでしまう。

「や、そういうことはなかったんだけど……！」

「なんなのよ、はっきりしないわね」

「まさか、『いやだ、いやだ』って言い続けたんじゃないでしょうね？」

その指摘にミュリエッタはぎくりとした。

「そ……それってダメなの？」

おそるおそる訊き返すと、少女達は「やっちゃったの？」「あちゃー」と、まるで自分のことのように顔をしかめ、あるいは天をあおぐ。

「初めての子にありがちな失敗ね」

「失敗!?」

声がうわずってしまう。

（わたし、失敗しちゃったの……!?）

立ちつくしていると、彼女たちはやれやれというように首をふった。

「そういうのって、相手の男性を白けさせちゃうのよ」

「そうそう。せっかく乗り気になってるのに相手に拒《こば》まれるばっかりじゃ、やる気なくなっちゃうじゃない?」

「巫女の側も積極的に愉《たの》しむことが大事なのよ」

「はぁー……」

なるほど。そういう仕組みになっているのか。

ミュリエッタはいまになって悟った。けれどもう遅い。

彼女達の言葉通りなら、昨夜エレクテウスはきっと、やりにくいと思っていたにちがいない。だから最初のうちは冷たかったのだ。

優しくすることでミュリエッタが乗り気になるとわかって、それで大げさなほどたっぷり優しくしてくれたのだ。そうにちがいない。

(は、恥ずかしい……!)

そうとも知らず、彼の真意を量りかねて悩んでいただなんて……!

顔を赤くして、頭を抱えてもだえるミュリエッタに向け、巫女達は訳知り顔にうなずく。

「みんなそうよ。最初は訳が分からなくて、後でみんなから話を聞いて、床を転がりたい気分になるのよね……」

「大丈夫よ。聖婚の数をこなせば、だんだんわかってくるわ。——あ」

巫女達がそろって前方に目をやる。見ればそちらから、側付きの巫女を従えたイリュシアがやってくるところだった。彼女は自分の殿舎の近くに巫女達が集まっていることに気づいて、おっとりとほほ笑む。

「ごきげんよう、皆さん。何かありました？」

「い、いいえっ。ただ……」

「ミュリエッタと話をしていただけです」

わたわたと返した若い巫女達の言葉に、イリュシアはくすくすと笑った。

「成人の儀を受けた巫女の通過儀礼みたいなものですね。……でもあまりからかってはだめよ？」

「……はい」

聖巫女にたしなめられて、今度はミュリエッタを囲んでいた巫女達が、顔を赤らめる。

「ミュリエッタ、私に話があるんでしょう？」

イリュシアはそう言って、ミュリエッタを自分の殿舎へと促した。

聖巫女の殿舎は音に開く壮麗《そうれい》な王宮の一画を切り取ってきたかのような、美しく豪華なたたずまいである。それ自体がひとつの宮殿のような建物は、玄関を入って続き間を抜けると、その先が広々とした居間になっていた。

居間であるにもかかわらず、そこには大理石で四角く囲われた小さな中庭があり、周囲に瀟洒《しょうしゃ》な柱が並んで立っている。中庭の上には屋根がなく、明るい日の光が差し込む開放的な雰囲気《ふんいき》だった。もちろん金銀の細工も美しい家具調度《ちょうど》や、装飾用の陶器《とうき》は、屋根のある場所――中庭を囲む広い回廊《かいろう》や他の部屋に置かれている。

床は色のついた大理石でやわらかな模様が描かれ、どこかで焚《た》かれている香をはらんだかぐわしい風が、穏やかに流れていた。

自室に入って寝椅子《アンドロン》に腰を下ろした彼女は、従えていた巫女の一人に目くばせをした。するとその巫女がミュリエッタの前に平らな箱を持ってくる。巫女の手によって開けられた箱の中には、巫女の証《あかし》である紐冠が収められていた。白金の、気が遠くなるほど細く細工された網鎖による逸品である。

「わぁ……っ」

これほどの細工物は、きっと作るのに何年もかかったにちがいない。おそらくこの日のために、ずいぶん前から職人に注文していてくれたのだ。

「ありがとうございます、イリュシアさま……」

紐冠を手に取り、ミュリエッタは心を込めてお礼を言った。すると相手はにこりと笑う。

「作らせたのはエレクテウスよ」

「え……?」

「それも近隣で一番の職人に頼み込んだのですって。お礼なら彼に言ってちょうだい」

言われたことの意外さに、ぽかんとしていると、彼女は寝椅子《アンドロン》の背もたれに、くつろぐように背を預けた。

「初めての相手がエレクテウスでよかったわね。彼は優しかったでしょう？」

鷹揚《おうよう》にほほ笑まれ、赤くなる。それは昨夜のことを持ち出された羞恥《しゅうち》であり、同時に彼女のためにいらぬ気を遣った自分を恥じてのことだった。

イリュシアは、自分の恋と仕事とをきちんと分けて考えていて、エレクテウスが他の娘にふれることについて、いちいち眦《まなじり》を尖らせたり、やきもきと悩んだりはしないのだ。

余裕のふるまいに、二人の関係の深さを痛感させられる。

（そんなの、前から知ってたけど……）

ミュリエッタは紐冠に悄然《しょうぜん》と目を落とし、それを大切に自分の額に飾った。イリュシアが嬉しそうにうなずく。

「よく似合うわ。……ええ、もう立派な巫女ね」

「ありがとうございます」

彼女はいつも本当にミュリエッタのことを大切にしてくれる。形のあるものも、ないものも、これまでたくさん与えられてきた。

自分もいつか彼女に返せればいいと思う。ミュリエッタは、その気持ちを改めて抱きしめた。

と、ふいにイリュシアが扇《おうぎ》を探すようなそぶりを見せる。長く仕えているため、そういうことはすぐにわかる。

ミュリエッタは離れた卓の上に置かれていた扇を彼女に渡し、さらに飲み物を用意しようと、卓に戻って陶器の壺《つぼ》を手に取った。しかしそれを杯に傾けたところ、中身が空《から》になっていることに気づく。

「あ……」

つぶやいたのは、壁際にひかえていた見習い巫女だった。まだ仕え始めてまもない、年若い少女である。

「す、すみません！　ただいまお持ちします！」

焦っていたのか、その見習い巫女は手ぶらでぱたぱたと駆け出していってしまった。

「……じゃあわたし、これを片付けてきます」

置き場のない空の壺を手にしたミュリエッタは、イリュシアにそう断ると、殿舎を退出した。

訪問客に食事を供する都合上、厨房《ちゆうぼう》は内房《カタゴギオン》と奥殿《オイコス》の間にある。

一人になって、そちらに向けて長い廊下《ろうか》を歩いていると、現実的な問題が思い起こされた。

正式な巫女となったからには、これからは聖婚の勤めも果たさなければならないのだ。

『大丈夫よ。聖婚の数をこなせば、だんだんわかってくるわ』

先に成人の儀を受けた巫女の言葉が頭をよぎった。

行為そのものについてよく知らなかった頃は、自分が聖婚の勤めを果たすことに何の疑問も持っていなかった。けれど知ってしまったいま、エレクテウス以外の人とあんな親密な行為をするのかと思うと、……どうしてもひるんでしまう。

たとえば、先日奥殿《オイコス》に迷い込んできた異邦《いほう》の青年。彼と自分が昨夜のように身体《からだ》を重ねる光景など想像もつかない。

はっきり言えば、いやだった。

(わたし、ここの巫女に向いてないのかも……)

いくら舞がうまくとも、聖婚のできない巫女などアシタロテの巫女とはいえない。

アシタロテは愛と豊饒《ほうじょう》の女神。その両方に欠かせぬものとして、男女の性愛による奉納を好むのだ。

「はぁぁ……」

大きくため息をつき、廊下の角を曲がったところ。

人とぶつかりそうになり、ミュリエッタはあわてて身を引いた。

「あ、すみませ……——エ、エレクテウス……⁉」

イリュシアに用事でもあったのか、そちらの方からやってきた彼が紫色の眼を少し見ひらいている。

すらりと均整の取れた長身に神官の長衣をまとった彼は、あいかわらず辺りを払う端正な佇《たたず》まいで、ミュリエッタの心を奪う。

いつもなら、そんなふいの邂逅《かいこう》があれば、胸を弾ませて近づいていったはずだ。

しかし今日は、昼間の明るさ中で彼の姿を見た瞬間、カーッと頭に血が昇ってしまった。

「お、おはよう……！」

うわずった声を、ぎくしゃくとしぼり出す。

「あああの、昨日のこと、イリュシアさまに報告したの、いま！　それで飲み物がなくて、取りに行った子が置いてっちゃったから、片付けを――……っ」

いったい自分は何を言ってるんだろう？　そんな混乱に、顔がみるみる赤くなっていくのを感じた。

「あっ、……あの、あのっ、紐冠をありがとう！　イリュシアさまからいただいて、す、すごく高そうなのに、でもエレクテウスからだって聞いて――」

わけがわからないまま、ただ口を動かす。ひたすら動かす。沈黙が生まれないように。

しゃべりながら、あわあわと息を吸い過ぎて苦しくなった頃、ようやくエレクテウスが口を開いた。

「私の紐冠は、オーレイティアさまからいただいた。その娘であるおまえのために私が冠を用意するのは当然のことだ」

静かに言い、それからこちらの頭に手をのばしてくる。

「………っ」

きゅっと目をつぶって身をすくませていると、彼は紐冠をつまみ、少し調えた。

「よかった。似合っている」

動揺《どうよう》しまくっているミュリエッタとは対照的に、彼は完璧《かんぺき》にいつも通りである。その落差がミュリエッタをいたたまれなくさせた。

(昨夜はあんなにひどいことを言って、や、やらしいことしたのに……っ)

「オーレイティアさまへの報告はすんだのか？　墓にはいつもより多く花を持っていくといい。祝いの報告なんだから」

冷静に話をするエレクテウスのくちびるから、ミュリエッタは目をそらした。

あのくちびるが、昨夜ミュリエッタの胸を吸った。このたくましい肩にしがみついた。しなやかな腕がミュリエッタの裸の腰を抱きしめ、手が身体中を這《は》った……。

何もかも思いがけないことばかりだった。

(だ、ダメだ……)

彼のどこを見ても、昨夜のことを思い出してしまう。いままで何気なく目にしていたものが、よこしまな目でしか見ることができなくなっている。

(そんな……っ)

「ミュリエッタ？　聞いているのか？」

怪訝《けげん》そうに問う紫の瞳とふいに視線が重なってしまい、心臓が大きく飛び跳ねた。その瞬間。

ガシャーン!

陶器《とうき》の壺が手から滑り落ち、盛大な音を立てて割れた。

「やだ……っ」

床に散らばった陶器の破片を目にして、ミュリエッタはあわててその場に座り込む。破片を拾い始めようとしたミュリエッタの手を、エレクテウスがつかんだ。

「止めなさい。掃《は》いて片付けた方がいい」

「でも、大きい破片くらいは――い……!」

言われた端から、鋭い破片で指を切った。指先に走った朱色の線を、なすすべもなく見つめていると、頭上から「ふー……」と大きな吐息がふってくる。

(呆《あき》れられてる……!)

恥ずかしさと混乱とで泣きたくなり、指を抱えてうずくまった。そのとき。

ガシャ、と破片を踏みしめる音がして、ミュリエッタの身体がふわりと抱き上げられた。

「………!?」

突然宙に浮いた感覚に、すがるものを求めてついエレクテウスの肩につかまってしまう。すると彼はそのままガシャガシャと破片を踏みしめて歩き、廊下と外とを隔《へだ》てる石の手すりにミユリエッタを座らせた。

「あ、ありが――……」

お礼を言いかけて、彼の顔がすぐ近くにあることに気づく。手すりに腰を下ろしたミュリエッタの両脇に、彼は腕の中に閉じ込めるようにして手をついた。

「……昨日のことが、そんなにいやだったのか？」

間近からの問いに、ミュリエッタは答えるどころではない。

（うわぁぁ、近い、近い、近い！）

自分の顔全体が、林檎《りんご》のように赤くなっているにちがいないと思った。どうしていいかわからない混乱のあまり、大げさなほど必死に首をふる。

「い……いやじゃ……、ない……けど……っ」

「なら、今だけでも言うことを聞きなさい。おとなしくここに座ってるんだ。いいな？」

そう言い残すと、彼は近くを通りがかった巫女を呼び止め、箒《ほうき》を持ってくるよう言いつけた。

そして自分はその場にしゃがみこみ、大きな破片を拾い始める。

（そんなの、執政官がやるようなことじゃないのに……）

黙々と破片を拾い集める姿を目にしているうち、ミュリエッタの混乱は少しずつ収まっていった。代わりに自責が頭をもたげ始める。

情交など、多くの人が当たり前のようにこなしていることだ。それをことさら大げさにとらえ、迷惑をかけるほど動揺するだなんて。

自らの思いつきに、きゅっとしめつけるように胸が痛くなった。

彼は大人で、ミュリエッタは子供。そう思い知らされてしまう。自分でも感じるのだから、彼がそう考えているのも当然だ。

（ダメだなぁ……）

言われた通り石の手すりに座ったまま、がっくりとうなだれた。

掃除《そうじ》をするための道具を手にした者達が集まってくると、エレクテウスは立ち上がり、こちらにやってくる。申し訳なさのあまり、その顔を見ることができずにうつむくと……、彼はそんなミュリエッタの頭に手を置き、そっとなでてきた。

大丈夫だと、なぐさめるように。

「――……」

そう。エレクテウスはこういう人だ。だから好きになった。

（手……あたたかい……）

子供扱いはされたくない。でも、もっとなでていてもらいたい。

相反する思いにゆれながら振り仰《あお》ぐと、彼は少し困ったような顔で見下ろしてくる。

「何か悩みがあるなら聞こう。……昨夜の件への文句以外なら」

「文句なんか、なにも……」

優しくしてもらった。ふたたび色々思い出してしまい、火がついたように顔が熱くなる。

しかしエレクテウスはその返事を耳にすると、またいつもの淡々とした眼差《まなざ》しに戻ってしまった。

「実はおまえを呼びにいくところだった。神殿長が、おまえに話があるそうだ」

＋＋＋　　　　＋＋＋

「ん……っ、う……あっ、……ン」

ちゅくちゅくという湿った音が、石造りの広々とした空間に響いている。

その夜。ミユリエッタは、またしても至聖処《ナオス》の祭壇《さいだん》の上で、昂《たか》ぶりきって汗ばんだ身体を淫《みだ》らにのたうたせることになった。

階段にして一段ほどの高さの、大理石づくりの広い寝台。男女の睦《むつ》み合いを女神に捧げるための祭壇は、がらんとした聖堂の中、天井をつくほど高い立像の前で篝火《かがりび》に照らされ、そこだけ闇に浮かび上がっている。

「う……ふぅ……あ！　あぁっ……ん、んん……っ」

闇の中、ぽぅっと光に包まれた白い祭壇の上で、全裸のミユリエッタが啼《な》きながらもだえている様は、女神から見てもひどく淫靡《いんび》な光景だろう。その傍《かたわ》らには着衣のエレクテウスがいて、長く器用な指を二本もミユリエッタの蜜壺《みつつぼ》の中に突き入れているのだから。

彼によって、身体中の弱点を丹念に、あますところなく探られている最中だった。

『エレクテウスが責任を持っておまえを教育するようにと、セレクティオン殿が言っていたのは聞いたな？』

今日の午後、訪ねていったミュリエッタに対して神殿長はそう切り出した。

セレクティオンとは、野外劇場でイロノス王とエレクテウスとの間に割って入った青年の名前のようだ。側仕えとして、国王の信頼厚い貴族の子弟であるという。

神殿長は、彼の言葉の通り、イロノス王との聖婚を執り行う日まで、エレクテウスを指南役として性愛の技巧をよく磨《みが》くようにと指示をしてきた。

『……他の神官に頼むわけにいきませんか……？』

泣き出しそうな気分でそう懇願《こんがん》してみたが、老齢の神殿長は首を縦にふらなかった。

『あの場はセレクティオン殿の機転で収まったとはいえ、国王は衆目《しゅうもく》の面前で恥をかかされたと、エレクテウスに対し大変なご立腹だそうだ。かくなるうえはセレクティオン殿の言う通り、おまえを短期間で一流の聖婚の乙女《おとめ》として育て上げたという功をもって、機嫌を直していただくしかあるまい』

（ひどい――……）

事情は分かる。しかし好きな人から、他の男に捧げるために手ほどきを受けるだなんて、たえられない。

（絶対、いや）

けれどそうしなければ彼は、国王の不興を買ったと罰を受けるかもしれない。……遠くの神殿へ追いやられてしまうかもしれない。

（いや。それもやだ……！）

ではどうすればいいのか……、熱が出そうなほど懸命に考えたものの、替わりの案が思いつかないまま午後が過ぎ、気がつけば夜を迎えていた。

神殿長から言われた、指南の刻限である。

結局それしか、エレクテウスを救い、ひいては彼を失う悲しみからイリュシアを救う方法はないようだ。

いやだいやだと思いながらも、ミュリエッタは観念して言われた通りに支度《したく》をした。その支度部屋と祭壇の近くでは、今夜も秘伝とされる香が焚《た》かれていた。

まともに物が考えられなくなってしまう香りである。神経を高揚《こうよう》させ、異性を意識させる作用があり、肌はふれられただけで愉悦《ゆえつ》にさざめくほど熱く張りつめる……。

その香りに浸り、すっかり酩酊《めいてい》した状態で至聖処《ナオス》へと向かったミュリエッタに、そこで待っていたエレクテウスは、一晩かけてじっくりと身体を探索すると宣告してきたのだ。房術《ぼうじゅつ》を磨くにあたっては、まず自分の身体の感じる箇所《かしょ》をよく知ることが必要であるという。

（エレクテウスにこんなこと教わるの、いや……なのに――）

ぼんやりとした頭で彼からそんなふうに指示されると、逆らうことなど考えられなかった。それに、これから王に捧げられる身であるミュリエッタが、性愛について少しでも多くの知識を修得しておかなければならないのは確かだ。

ゆるく癖《くせ》のある黒い前髪の隙間《すきま》からこちらを見下ろす、切れ長の紫の瞳を灼《や》けるほどに意識しながら、ミュリエッタは自分で内衣《キトン》を脱ぎ、恥ずかしさを堪《こら》えて祭壇に身を横たえた。

香のおかげで、ミュリエッタの身体はすでに情交に際して熟れごろとなっている。本来であれば後はもぐだけという果実を、エレクテウスは溶けるまで熟れさせるとでもいうかのごとく、じっくりと弄《もてあそ》んできた。

指南役として、ミュリエッタの感じるところをすべて把握《はあく》するつもりなのだろう。気が遠くなるほど長い時間をかけて、全身を指とくちびるで執拗《しつよう》にたどる。

少しでも他よりも大きな反応があると、そこをきつく吸って印をつける。つきん、と甘い痛みが発するたびミュリエッタは切なくあえいだ。

熱く熟しきった身体は、ほんのわずかな刺激にも大げさに反応してしまう。彼が指を蜜壺に挿入してきたときなど、それだけで果ててしまった。

しかしもちろん彼の性の教示は、そんなものでは終わらない。

長い指で蜜壺の中をじっくりとたどる執拗さは、ちゃんと行為を行うのはまだ二回目というミュリエッタをして、焦れったさのあまり勝手に腰が揺れてしまうほど。すると彼は、まさに教師のように冷静な面持《おもも》ちでそっけなくたしなめてくるのだった。

「それは後。いまは我慢しなさい」

「……だ、だって………んっ、……ぁあっ……ン」

昨夜『好きだ』とささやきながら抱きしめてきた、あの優しさは今は影も形もない。昼間に割れた陶片からミュリエッタを遠ざけてくれた気づかいすら、幻であったかのよう。

明晰《めいせき》な紫の瞳は、仄《ほの》かな燭台の明かりでは払いきれない幽暗に沈むばかりだった。

「まったく堪《こら》え性のない……。ここも、私の指にからみついて探索の邪魔ばかりする」

長い指がぐちゅ、と蜜壁をかきまわす。ミュリエッタは「ひぁあっ……」と蕩《とろ》けた悲鳴を上げた。

「か、勝手に、……動いちゃう、……んだもの……！　うっ、……んぅうっ」

身体をしならせ、ふるわせながら、彼がその探索を早く終えてくれるように祈る。

ちゅくちゅくと恥ずかしい音をたてて蹂躙《じゅうりん》され……、それでも容赦《ようしゃ》なく蜜壺をまさぐる指が彼のものだと思えば、それだけで胸はせつなく高鳴り、媚壁《びへき》は中のものを悦《よろこ》んで締めつけた。

そして些細《ささい》な動きのひとつひとつに甘い痺《しび》れを発し、はしたないほど際限なく蜜をこぼす。

「んんっ……ふ、うぁ……やだ、も……や、あぁあ……っ」

エレクテウスはすでに、蜜壺の中でミュリエッタが特別に感じる場所をひとつ知っているはずだった。しかしそこは避けて、他にはないかと探るように、繊細な指先で入念に内壁を愛撫《あいぶ》していく。

「指で届く範囲にはなさそうだな」

さんざんミュリエッタを啼かせた後、ようやく彼は二本の指を抜き出した。そしてこちらに見せつけるように、ゆっくりとそれを開く。指の間にツ……と蜜の糸が張った。

「や……っ」

見るに堪《た》えない光景から目を逸《そ》らすと、彼は小さく嘆息《たんそく》する。

「恥じらいはあってもいいが、度が過ぎると雰囲気《ふんいき》を盛り下げる。相手の様子をよく見て、少しずつ自分から積極的になっていくことも必要だ。――聞いているのか？」

くたりと横たわるミュリエッタを見下ろして、エレクテウスは意地悪く眉を寄せた。

彼は学者のように講釈をしてくるが、こちらはそれどころではない。長々と続けられたもどかしい指淫《しいん》に、肌は紅潮し、身体ははちきれそうな快感にこわばっている。

「エレ……エレクテウス、お願い……！」

うるんだ瞳で、あたう限りせつなく訴える。達したいのに許されない責め苦は、まだ二度目のミュリエッタにはつらすぎた。

しかし薄情な相手はにべもなく返してくる。

「ねだり方も学ぶ必要があるな、ミュリエッタ。求めれば与えられると思ったらまちがいだ。相手をその気にさせなければ」

「どう……やって……？」

「ありがちなのは、足を広げて、挿《い》れてほしい場所を指で開いて見せるとか……」

「…………っ」

頭の中でその場面を想像し、ミュリエッタはふるふると首を横に動かす。

（そ、そんなの無理……！）

「あるいは四《よ》つん這《ば》いになるのもいい。色っぽく尻を突き出して、濡れた秘処《ひしょ》を見せつければ、たいていの男は生唾《なまつば》を飲む」

（それはもっと無理……！）

ミュリエッタはさらに激しく首をふった。予想の範疇《はんちゅう》だったのか、エレクテウスはそこでフッと笑う。

「なら自分でしてみせるのも手だ」

自分で？

どういうことかわからず、反応できずにいると彼は祭壇の端へと身体をのばした。

「ちょうどいい。おまえの奥を探ろうと思っていたところだ。まずは自分でやってみるといい」

そこに置いてあった布の中から何かを取り出し、ミュリエッタに渡す。横になったままそれを受けとったミュリエッタは、手にしたものが何なのか、最初はわからなかった。

翡翠《ひすい》の棒のようだ。長さはミュリエッタが両手をそろえたほど。形は何やらごつごつとした凹凸がある。……よく見ると男根を模してあるようだ。そう気づき、ミュリエッタはハッと手を離した。

カタン、と敷布の上に音を立てて転がったそれを、エレクテウスが手に取り、ふたたび渡してくる。

「この張り形を自分で中に入れなさい」

「エレクテウス……」

ミュリエッタは半泣きで彼を見上げた。しかし彼はあくまで冷たい目つきで見すえてくる。

「達したいんだろう？　なら言われた通りにすることだ」

(でも、でも……っ)

エレクテウスに、彼自身で征服してほしいのに。どうしてそれがダメなのだろう？　うるんだ瞳で、乞《こ》うようにしばらく見つめたが、彼が気を変える様子はなかった。

そもそも身の内でふくらみきった快感は、逡巡《しゅんじゅん》を続けるにはあまりにも耐えがたいものだ。解放されたい。その一念から、ミュリエッタは渡された翡翠の張り型を持ち直す。それは冷たく硬い感触だった。

ちらりとエレクテウスに目を向けると、彼はじっとこちらを見ている。

紫の瞳に見られている。……これから行うことを。

そう考えると、ただでさえ熱に浮かされた頭が、さらに熱を増していった。

ミュリエッタは少しだけ足を広げ、張り型をその間に持っていく。すると、すかさずエレクテウスが無情な口を開いた。

「それでは見えない。私を誘いたいんだろう？　だったらこちらに見せつけるようにしないと」

そう言われ、ミュリエッタはやっと、彼がこれを渡してきた目的を察した。自分で慰めるためではなく、淫《みだ》らな遊戯《ゆうぎ》にふける姿を見せて相手を陥落させることを教えるためだったのだ。

「………………」

ミュリエッタは緩慢《かんまん》な動作で、横たわっていた身体《からだ》を起こして座り、濡れそぼった付け根の奥が良く見えるよう、エレクテウスに向けて足を開いた。

「……こ、これでいい……？」

彼が小さくうなずくのを見てから、張り方をそこに押し当てる。すると彼は眉《まゆ》を寄せて息をついた。

「待て。そのままではきつい。挿《い》れる前に、よく蜜をからませるんだ」

「……え、と。……こう？　ん……、やぁ……やだこれ……っ」

指示に従い、蜜のしたたる秘裂《ひれつ》に張り型をこすりつけたところ、翡翠の凹凸の感触に腰が跳ねてしまう。繊細《せんさい》な割れ目をごつごつとした石で刺激されるのは、背徳的な気持ちよさがあった。

「ん！　んんっ、……ふ、ぅ、……あぁぁ……っ」

淫唇《いんしん》に沿って張り型全体をすべらせると、ぽってりとふくらんだ割れ目にぴたりとはまり、熱くぬめったそこを冷たくかき分ける。くちくちという粘ついた音と共に、翡翠の棒はあっという間に蜜にまみれた。

「はぁっ、……はふ、……あ、ぁ……！」

「ミュリエッタ。挿れる前に果てたら仕置きだぞ」

エレクテウスの制止は少し遅かった。張り型の冷たく硬い凹凸が、凝《こ》りきっていた淫核《いんかく》に当たったとたん、ミュリエッタは甘く弾けた快感に身体を丸め、全身をこわばらせる。

「はんっ、あぁぁあぁっ……」

気がつけば、敷布に半身をつけるようにして、横向きに倒れこんでいた。

「はぁ、……はぁ……っ」

肩で息をするミュリエッタの頭上で、冷たい声が響く。

「挿れる前に果てたら仕置きだと言ったな？」

「だ、……だって……」

「手が止まっているぞ。続けなさい」

無慈悲《むじひ》な指示に、ミュリエッタはいまだ快感の余韻《よいん》にふるえる身体を起こそうとした。と、それまで足元にいた彼が、腰を上げてミュリエッタの傍《かたわ》らに移動してくる。

何をするのかと見ていると、彼は横向きに寝そべるミュリエッタの片方の膝に手をかけて、

それをぐいと持ち上げた。

「あ……っ」

さらに折り曲げた膝を上体へと押さえつけてくる。片方の足だけを広げ、相手の目に秘処《ひしょ》をさらす体勢だ。そして彼の視線は、足を開かれたことでぱっくりと割れたその部分に、無遠慮《ぶえんりょ》に注がれていた。

秘部のみならず大腿《ふともも》までも濡らす蜜液が、燭台《しょくだい》の明かりに照らされてぬらぬらと光っている。その卑猥《ひわい》な光景を見られていることに、ミュリエッタはぎゅっと目をつぶった。

「や、やめて、エレクテウス……ッ」

「仕置きだと言っただろう」

「やだぁ……！」

「この格好を覚えておくといい。仮に王に一人遊びを命じられたとき、『片足だけお持ちください』とねだってみるのも一興だ。遊び慣れた男にも、ちょっとした刺激になる」

王のことを持ち出され、ミュリエッタはハッとする。そうだ。自分は彼を満足させるために、なるべく多くのことを覚えなければならないのだ。

（これも……お勤めなんだ……）

そう自覚し、ミュリエッタは渋々目を開いた。

「さぁ、続けなさい」

淡々とした指示に、蜜にまみれた翡翠の張り型をのろのろと持ち上げ、広げられた自分の秘処に押し当てる。少し力を込めると、それはじゅぷ……という音を立てて蜜口に潜り込んだ。しかし。

「うぅっ……」

入り込んできたものの圧迫感にびっくりしてしまう。

(こんなの入らない……っ)

ちょっと力を込めただけではなかなか入っていかず、ミュリエッタは手を止めた。ちらりと上を見ると、エレクテウスが小さく頭をふる。

「見栄を張るわけではないが、それは私のよりは小さい。入らないはずはない」

「でも……」

「身体の力を抜いて。息を吐いて楽にしてもう一度試してみなさい」

ミュリエッタは言われた通り力を抜き、特に下腹をなるべく楽にして、思い切って張り型を押し込んでみる。……と。

「ふあぁぁあっ……」

つるりと何かが滑る感覚と共に、それは蜜洞《みつどう》を押し開き、一気に奥まで埋まってしまった。

やや張り出した作りの先端《の》が引っ掛かっていただけのようだ。

長大な張り形をすべて呑み込んでしまったことに、自分でおどろいてしまう。とまどうようにエレクテウスを見ると、彼は先をうながしてきた。

「つらくないようなら、抜き差しして自分のいいところを探してみなさい」

「いいところ……？」

つまり彼が先ほど指でやっていたようなことを、これを使ってやるのだろうか。

ミュリエッタは試しにそれを動かしてみた。とたん、押し広げられた秘処がじゅくじゅくと音を発し、張り型に掻《か》き出されるようにして、さらなる蜜があふれ出してくる。硬い凹凸に中をこすられ、ぞくりと媚壁《びへき》がざわめいた。

「ふ、ぅぁ……っ」

ミュリエッタは腰をふるわせてそれをこらえる。

「卑猥《ひわい》だな。この格好だと、おまえのいやらしい場所がよく見える」

喉《のど》の奥で笑う無情な声にまで、下腹がきゅぅっと締まった。

「う、う、やぁ……っ」

長いこと焦らされ、二度ほど達した蜜壁は、ただの翡翠の棒をすら、中へ引き込むような動きでなまめかしくからみつく。それをごつごつとした凹凸で何度もこすると、次第に隘路《あいろ》がじんじんと痺《しび》れ出した。

「んっ……、ふぅ――ぁ……」

そんなはしたない姿を、あますところなくエレクテウスに見下ろされていることも、ミュリエッタを燃え立たせる。

　しかしやり方がいけないのか、張り型を抜き差しするだけでは、どうしても決定的な刺激を得ることがかなわなかった。次々と散発的な愉悦《ゆえつ》が発するばかりで、それらはミュリエッタの身体を確実に昂《たか》ぶらせてはいくものの、達するまでには至らない。

「あ、……やあぁ……、は……ン！」

　苦しい。もう我慢ができない。達したい。そんな思いでいっぱいになる。しかしエレクテウスは紫の瞳でただミュリエッタを見下ろすばかりで、助けてくれそうな気配はなかった。

「あっ……は、……はぁ……っ。──んんっ！」

　気がつけば、ミュリエッタは張り型に添えていた手を片方外し、それで自分の淫核にふれていた。

「あぁっ、く、ぅ……ぁぁあぁ……っ」

　とたん、びくびくと大きな反応を見せたミュリエッタに、エレクテウスがあきれるように息をつく。

「私の指示をすっかり忘れているようだな」

「う……、ダ、ダメ？　……これ、やっちゃダメ、な……の……？」

　快感の泣きぬれた目で、こいねがうように見上げると、彼はミュリエッタの片足を押さえたまま、少し考えてから軽くうなずいた。

「まぁいい。自分でいじって達することも、いずれ教えるつもりだった」

よかった。お許しが出た。

ミユリエッタは改めて右手で花芯《かしん》にふれた。勃《た》ち上がり、蜜でぬるぬるしている突起は、とてもみだらな感触だ。そしてさわるだけで気持ちいい。さらに。

「はぁ……ン！」

花芯にさわると、それが中に伝わり、媚壁がうごめくことに気づいた。押し込んだままの張り形を締めつけている。

ミユリエッタはもう一度、試すように花芯にふれながら、じゅく、と翡翠を動かして奥を穿《うが》った。と。

「あぁ……っ」

悦《よ》い声がもれ、蜜に濡れた大腿がひくひくとふるえてしまう。やはりこうするもののようだ。

そう悟ると、早く快感の頂《いただき》に到達したいという思いから、ミユリエッタは以前エレクテウスがやったように、芯をきゅっとつまんでみた。

しかし力が強かったのか、ツキン、と痛みが生じる。

「あ、ぅ……っ」

「乱暴にしてはダメだ。自分の身体だろう?」

見ていられないというように言い、彼は空いている方の手をのばしてきた。

「力を入れずにこう――」

ミュリエッタの指に重ねるようにして花芯にふれてくる。……彼の指が、自分と一緒に秘処をいじっている。そう認識したとたん。

「あぁっ、ふぁぁぁ……！」

ミュリエッタはあっさりと愉悦の波に呑《の》まれ、天まで放り出されてしまった。

気持ちよさに身体がこわばり、張り型を呑み込んだ奥がひくひくと蠢《うごめ》く。蜜口からは新たな蜜が、とめどなくあふれ出した。

押し広げられた大腿を伝うその愛液を、不穏な眼差《まなざ》しでエレクテウスが見下ろす。

「おまえは……」

「……ご、……ごめんな……さい……」

熱い息をこぼしながら、ミュリエッタは恥じ入って顔を背けた。

よく分からないが、失敗したということだけは何となく分かる。ので、とりあえず謝っておく。

「しょうがない」

エレクテウスはそう言って、広げていたミュリエッタの片足を下ろした。

「お前に任せていては、いつまでたっても進まないようだ」

そして横たわったミュリエッタの足の間に自分がくるよう、ミュリエッタを引き寄せる。わずかに引きずられたとき、秘処に埋まったままの張り型に振動が伝わった。

「ふ、ぁ……っ」

背をのけぞらせている間に、彼はその張り型をつまみ、ぐちゅぐちゅと抜き差しをし始める。

「え、や……やだっ、休む……少し、休むぅ……！」

短い時間で、すでに三回も果てたのだ。身体がだるくて仕方がない。

しかし彼は恬《てん》としてそれを顧《かえり》みなかった。

「そもそも今夜の予定に一人遊びは入っていなかった。本道に戻らなければ」

「えぇぇ……っ」

「何か文句でも？」

「……ない」

「ありません、だ。馴《な》れ合うな」

ぴしゃりと言い、彼は翡翠の張り型を慣れた手つきで突き立てる。

「ひゃぅ……う、……や、いきなり……うぁ、んっ」

「ミュリエッタ、どこまで入ってる？」

「お、奥……っ、――ふか、深いぃ……！」

自分でやるのとはあきらかにちがう、ぐりぐりと奥の壁を穿《うが》つ石の感触に、ミュリエッタの腰は早くも揺れ始める。秘処はひくひくと蠢《うごめ》き、さらに奥へ奥へと引き込むように、張り型にまとわりついた。

「深くまで埋められて、気持ちいいだろう？　特にいいところを教えてくれ」

「や、やだ……もう、いくのやだぁ……っ」

言葉とは裏腹に、ぬちゅぬちゅと媚壁を探る翡翠の動きは、幾度も達して研《と》ぎ澄まされたミユリエッタの官能を刺激する。

エレクテウスは角度を変えて、深さを変えて、ごつごつとした石の棒で何度も蜜洞《みつどう》を擦り上げた。これまでの淫虐ですっかり痺れていた壁は、そのたびにぞくぞくと愉悦を発し、濡れた蜜口をひくつかせる。

「んんあぁ、あ……！」

わき上がる喜悦《きえつ》を抑えきれず、ミユリエッタは身体をくねらせた。びくん、びくんと痙攣《けいれん》した際に張り方が抜けそうになり、エレクテウスに容赦《ようしゃ》なく引き戻される。

「はぁあっ、ン……また！　また奥まで……え、……あぁあっ」

「まだだ。まだいくな。少しは我慢しろ」

「でも、でも……うぁあぁン、んん……！」

上り詰めようとする感覚を寸前で止められ、ぎゅっと閉じた目から涙がこぼれる。蜜壁がビクビクうねり、抗議するように張り型をぎゅうぎゅうと締めつけた。

そもそもそれが、ミユリエッタにはつらかった。中に入っているものはただの石だというのに。……エレクテウス自身ではないのに。

（指南だから……？）

ミュリエッタに性愛を教えるに当たり、彼は自分の雄《おす》を使うつもりはないのだろうか。それはイリュシアのため？

ふと思いついた考えに、うるんだ青い瞳からさらに涙がこぼれる。しかしそれは、直後に下《か》肢《し》で発した強烈な愉悦に吹き飛ばされた。

「ひ、あぁあっ！　ん、……はぁ……っ」

翡翠の張り型が奥の一点を突いた時のことだった。

「ここか」

他の場所とはちがう反応に、エレクテウスは確かめるように、翡翠の切っ先でそこを何度も穿《うが》つ。

「あ、あぁっ、……あぁあっ、や……、もうやめ……、やめて……ぇっ」

「何がいやなんだ？　いきたくないのか？」

「も、もう……、これ以上、いくの……こわい……！」

ミュリエッタはびくんびくんと突きあげるように、汗ばんだ全身をのたうたせた。痺れる下肢から愉悦が噴き出し、何度も小さく弾ける。そんな感覚は初めてだ。

にもかかわらず、エレクテウスはじゅくじゅくと蜜口をえぐるのをやめようとしない。

「やぁ……あぁ！　エレ……エレクテウス……！」

一度果てるごとに、悦《よろこ》びは強さを増していく。どんどん大きくなっていくそれが、すでに自分の手に負えないもののように思えて恐ろしかった。理屈ではうまく説明できないが、とにかく恐ろしいのだ。

すがりつくようにして訴えると、彼はそこでようやく張り型を動かす手をゆるめた。

「こらえればこらえるほど快感は増し、そして大きな快感を得るほどに、身体《からだ》の感じ方が敏感になっていく。人より優れた聖婚の乙女《おとめ》になるために、これも必要なことだ」

「でも、こんな……、続けるの……、つらい――」

お勤めとはいえ、これから毎晩のようにこんなことをしなければならないのかと思うと。

「こわくて、つらい……っ」

少しふれられただけで肌が粟立《あわだ》つような、淫《みだ》らな身体にされてしまった。こんな短い間に。

これからどういうふうに自分が変わっていってしまうのか、想像もつかない。

しゃくりあげるミュリエッタの頭に、エレクテウスは手を置いてくる。

「今夜はここまでにしよう」

ややあって、彼はミュリエッタの秘処《ひしょ》から張り型を引き抜いた。それを傍《かたわ》らに置くと、彼は静かに自らの服を脱ぎ始めた。

「エレクテウス……？」

手早く裸になった彼の下肢を見て、ミュリエッタは頬《ほお》を赤らめる。その楔《くさび》は雄々《おお》しく屹立《きつりつ》していた。

「………っ」

うろたえる様に、彼も表情をほころばせて苦笑する。

「長い時間おまえの痴態《ちたい》を見せられた身にもなってくれ」

「エレ……エレクテウス……ッ」

ミュリエッタは彼に手をのばした。そしてそれは、ゆったりと覆《おお》いかぶさってきた彼に、力強く抱きしめ返される。

「うぁん……っ」

勃《た》ち上がった乳房の先端が、彼の胸にこすれて気持ちがいい。彼はミュリエッタの背中と腰を、きついほどにしっかりと抱きしめると、自身の楔をひと息に突き立ててきた。

「ふぁあっ、あぁあぁぁ……っ！」

言葉通り、それは張り型よりもずっと大きくて、圧迫感も比べものにならなかった。隘路《あいろ》は音がするほどにぎっちりと拡げられ、ミュリエッタは息が詰まるほどの衝撃を、彼にしがみつくことで何とかこらえる。

しかし熱く脈打つ楔に、ぎちぎちに拡げられることに対する快感があるのもまた確かだった。びくびくと……、早くも大きさに慣れてきた媚壁の動きにそれを悟ったのだろう。エレクテウスは低い声でミュリエッタにささやいてくる。

「まだ。もう少し。まだいくな、ミュリエッタ」

我慢するのはもう無理。

そう答えようとしたミュリエッタは、ふいに深く口づけられて、その言葉を封じられてしまった。

「んふぅ……っ」

指と同じく、長く器用な舌先で口の中をくすぐられると、ぞくぞくしたものが背筋を伝って下肢へと下りていく。次いで強引に舌を舐《な》め取られ、吸い上げられ、頭が痺《しび》れてしまいそうなほど気持ちがよかった。

大好きな人から丹念に与えられる喜悦に、次第に思考が蕩《とろ》けていく。

「快感を恐れるな。おまえのためにならないことなど何もしない」

そんな声と共に、エレクテウスがいったん抱擁《ほうよう》を解いて腰を揺らし始める。

「ふぅ……っ、……あっ、……あぁぁうっ」

ゆっくりと蜜口まで引き戻してから、奥までずぅん、と貫く。同時に、最初の頃にさんざんいじった胸のふくらみを両方、大きな手で包み込み、下から上へと捏《こ》ねるように押しまわした。

先端を指でしごき、きゅぅっと引っ張る。

「はぁっ、……あぁぁぁんっ」

下肢と胸を一緒に責められ、ミュリエッタはあまりの心地よさにひときわ高く啼《な》いた。

するとエレクテウスが、荒い息の合間にくすりと笑う。

「かわいいな、ミュリエッタ……」

と、官能に霞《かすみ》がかっていた思考が、わずかに反応する。

「ほんと……？」

「本当だ」

めずらしく彼が優しく穏やかだったことで、気がゆるんでいたのかもしれない。

「イリュシア様と、どっちが……？」

胸の中に秘めていたはずの問いが、ぽろりとこぼれ落ちた。

ハッと気づいた時には、もう遅い。

エレクテウスはほんの数瞬、動きを止め……、そして何事もなかったかのようにミュリエッタの奥を穿《うが》つ。

「ひぁぁんっ」

「彼女は美しい。……おまえとは比べられない」

背筋を駆け抜ける快感にもがき、ミュリエッタはふたたびエレクテウスにしがみつく。

「あぁあん、……あぁあっ、……ん、んあぁっ」

エレクテウスはミュリエッタのまろやかな尻をなで、柔肉《やわにく》をつかんだ。その、蛇のように艶《なま》めかしい手はやがて汗ばんだ背中を這《は》い、肩へと到達する。そしてつかんだ肩を支えとするように、ずんっ、ずんっと一層強く腰を押しつけてきた。

「ミユリエッタ、たった二日で、ずいぶん慣れたな」

「いやぁあっ、……あぁあん！　……そんな、強くしちゃダメぇッ……あぁあぁあっ」

切っ先が蜜洞《みつどう》をこすりあげ、奥の感じるところを穿たれるたびに強い悦楽《えつらく》が生じ、媚壁《びへき》が収縮した。

抽挿《ちゅうそう》が速く猛々《たけだけ》しくなるごとに、官能もまた激しさを増していく。じゅぶじゅぶといやらしい音をたてがつがつと最奥《さいおう》を突かれ、ミユリエッタは背筋をのけぞらせて快楽にわなないた。

突き出された胸に、条件反射のようにエレクテウスが吸いつく。

「やぁあぁあっ、……いまそれ、ダメ、……は、あぁあぁあン！」

ざらりとした舌で舐められ、きつく吸われて、よがる声がとめどなく喉《のど》をつく。下肢ががくがくとふるえ、内壁は大きく膨《ふく》れ上がった雄を、蜜をこぼして締め上げる。

「もっとだ。うんと乱れろ。女神を満足させるほどに」

「ふぁあぁ……っ！」

達した、と思った時をねらいすましたかのように、蜜にぬめった花芯を指で嬲《なぶ》られた。とたん火花のように快楽が弾け、ミユリエッタは愛液を散らしながら激しく淫《みだ》らに腰を振り立てる。

「あぁあぁあっ、ダメ、ダメ、いじっちゃ……やぁあぁあ……んーっ」

上り詰めている最中の淫戯《いんぎ》に、くるおしく身をよじる。気持ちよさのあまり訳が分からなくなった。

エレクテウスにしがみつき、ただただ強すぎる快楽が自分の中を通り過ぎていくのを待つ。

「ミユリエッタ……」

低くかすれた声に名前を呼ばれた、その時。ふわりと鼻をついた麝香草《タイム》の香りに、音を立てて心の箍《たが》が外れるのがわかった。

とたん、ずっと閉じこめていた想いがこぼれ出してしまう。ダメだと思っても、あふれ出てくるのを止められない。

大好き。エレクテウス。

私を、選んで……。

思考が薄れていく中、ミユリエッタはつかの間の幸せな想いにたゆたい、そしてすっと意識を失った。

3章

「うーん、……こう？　いや、こうか。……あれ？　変かな？」

翌日。ミュリエッタは自分の部屋で、衣の巻き付け方と襞《ひだ》の取り方に、延々悩んでいた。

内衣《キトン》も外衣《ヒマティオン》も、長方形の大きな一枚布を、飾りピンや飾り帯を使って身につけるものだ。男性はある程度形が決まっているが、女性は様々に趣向《しゅこう》を凝《こ》らすのが常で、やり方次第でいくらでも雰囲気《ふんいき》を変えることができる。

慎《つつ》ましく見せたければ、なるべく肌を見せないような形を作ればいい。逆にうんと肌を出して宝飾品などを目立たせる方法もある。襞の取り方ひとつを取ってみても、身体の線を見せる形や、むしろ見せないで隠す形と様々だった。

これまでミュリエッタは、イリュシア付きの見習い巫女《みこ》として身の回りの世話をする必要があったため、動きまわるのに邪魔にならないよう、生地を押さえる形で着ることが多かった。また多少動きまわっても気にせずにすむよう、肌の露出も控えめにしていた。

つまりお洒落《しゃれ》よりも、雑事や舞踏を優先していた。

（でも、そんなことをやってたから、色気のない半人前とか思われてたのかも……）

イリュシアはどちらかというと肌を多く見せる着方をしている。それでも装身具をうまく使い、品を失わずに毅然《きぜん》とした美しさを演出していた。

（あんなふうになりたいな……）

今までにも漠然《ばくぜん》とそう思うことがあった。けれど思っているだけではダメだ、とようやく気がついた。

思いついたときに行動しないと、いつまでたっても何も変わらない。

（髪の結い方も変えてみよう）

イリュシアみたいに。化粧《けしよう》も、今までよりも少しはっきりとした色を使ってみようか。……イリュシアみたいに。

ああでもない、こうでもない、と長い時間をかけて身支度《みじたく》を調え、ミュリエッタは午後になってようやく支度を終えた。鏡の中にぼんやりと映る姿はこれまでとずいぶん印象がちがう。まるで自分ではないようだ。

（……大丈夫かな）

急な変化を、みんなにおかしく思われなければいいけど。

若干《じやつかん》の不安とともに、ミュリエッタは思いきって部屋を出た。

「わっ、……と！」

いつものように足を大きく踏み出したとたん、風をはらんだ裾《すそ》がふくれてめくれ上がりそうになり、あわててしまう。

少しでも乱暴に動くとくずれるということがわかり、なるべく静かに動くよう心がけた。まだ慣れないが、ずっとこういう格好をしていれば、そのうち板についてくるだろう。

（そう。これがわたしの形ってくらい、慣れるのが大事なんだ、きっと……）

かわいい、ではなく。美しく雰囲気《ふんいき》のある、大人の女性に。今すぐに変わるのは無理だろうけど、努力を続けていれば、いつかはなれるはずだ。

そういう女性の方が、彼は好きなのだろうから……。

廊下《ろうか》に出てから見上げた空は、めずらしく曇っていた。大神にして天空神たるベリトの機嫌がすぐれないのかもしれない。

いつものようにイリュシアに顔を見せて挨拶《あいさつ》だけしたら、庭園の開けた一角で踊りの練習をするつもりでいたが、この分だと屋内で適当な場所を見つけた方がよさそうだ。

そんなことを考えながら廊下を歩き、イリュシアの殿舎へと赴《おもむ》いたところ、入口付近に見習いの巫女がひかえているのが目に入った。

少女達はミユリエッタの姿を見ると頭を下げてくる。

「イリュシアさまはいらっしゃる？」

「はい、ご在室です。ただいまエレクテウスさまもいらっしゃいます」

「……ありがとう」

少女の言葉に、小さな違和感を覚えた。

エレクテウスが神殿長の使いとして、イリュシアを訪ねてくるのはいつものことだ。だが、このところ少々頻繁《ひんぱん》ではないか。以前は、せいぜいひと月に二、三回だったというのに。

こんなにちょくちょくと訪問したのでは、さすがに他の神官や巫女達の手前、よくないのではないか……。

そう考えて、軽い自己嫌悪に襲われた。

二人がそうしたいというのなら、ミュリエッタは彼らの姿がみんなの目につかないよう段取りを調えるくらいであってもいいのに。

(何かできることないか、訊いてみよ……)

そう心に決めて、ミュリエッタは続き間の奥へと進んでいった。そうしながら、少しずつ心が浮き立ってくる。

この先にエレクテウスがいる。お洒落した姿を、早速《さっそく》彼に見せることができるのだ。

(今日は落ち着かなきゃ。昨日みたいな失敗は絶対しないように……)

しかしよく考えれば昨夜の方が、初日よりもあられもないことをされた。そう思い出して足を止めた。

『深くまで埋められて、気持ちいいだろう?』

ふいに脳裏《のうり》で響いた声に、ボッと顔が熱くなる。

（だ、ダメ……！　昼間に夜のことを思い出しちゃダメ……っ）

わたわたと記憶を打ち消していたところ――、ふと、嗚咽《おえつ》のようなイリュシアの声に気がついた。行く手から聞こえてくるようだ。

心配になって奥の部屋をそっとのぞくと……。

エレクテウスが、細い肩をふるわせて泣くイリュシアを抱きしめている光景が、目に飛び込んできた。彼女はしゃくりあげながら何かを訴えていて、エレクテウスはそんな彼女を静かな声でなだめている。

「大丈夫。あなたは私が守ります……」

小声でのやり取りの中、彼のそんな声だけが、妙にはっきりと聞こえてきた。

やわらかく、暖かく……力強くはげますような、気持ちのこもった声。

ミュリエッタは足音を忍ばせて後ろに下がり、二人の姿が見えないところまでくると、どきどきとうるさく鳴る心臓を押さえた。

「はぁー……」

両手で顔をおおい、壁に背を預けてその場に立ちつくす。

（分かってたこと。いちいち傷つくようなことじゃないわ……）

今の今まで高揚《こうよう》していた気分が、一気にしぼんでいった。

どんな格好をしたところでムダだ。そういう問題ではないのだから。

『満月の夜は、この勤めを休むことになる』

昨夜、別れ際に彼はそう言った。満月の夜――それは聖巫女が聖婚を行う日である。

イリュシアとミュリエッタ。二人が並んだ場合、彼はためらいなく彼女を選ぶのだ。

（それが当然。それでいいんだ……）

動揺《どうよう》する自分の心に、自分で言い聞かせる。

エレクテウスの心はイリュシアのもの。彼はイリュシアを愛しているのだ。たった二回、肌を重ねたからといって、思いちがいをしてはいけない。エレクテウスがミュリエッタを抱くのは、アシタロテの巫女としてふさわしいだけの性愛の技巧を教え込み、国王に捧げるためなのだから。

（だから――だから、やだって言ったのに…………）

彼でない神官が相手なら、こんなにも混乱することはなかった。勘ちがいしてしまいそうになることもなかっただろう。

彼だから。ずっと近くにいて、想い続けてきた相手だったからこそ、こんなにも気持ちがぐちゃぐちゃになる。

好きにはならないと自分に言い聞かせ、イリュシアとの仲を取り持とうと考えながらも、彼の好みに合うようなおしゃれをするだなんて。……支離滅裂《しりめつれつ》だ。

（……エレクテウス……！）

顔をおおう手を下ろし、ぼんやりと立ちつくしていると、そこへ奥から当のエレクテウスが姿を現した。

「……ミュリエッタ？」

こちらを目にしてから、名前を呼ぶまでに少し間が開く。それをいぶかしみ、すぐに自分の格好《かっこう》に思い至った。

（どう？　ちょっといつもとちがうでしょ？）

出会ったら、そう訊ねるつもりだった。そしてくるりとひとまわりして感想を訊こうと思っていた。

でも、言葉どころか声すら出てこない。

「――……」

じっとエレクテウスを見上げていると、彼の顔から少しずつ表情が抜け落ちていくのが分かった。……まるで夜の彼みたいに。

（……なに？）

そんな目を向けられる理由がわからず、まばたきをする。どちらも言葉を発することなく見つめ合い、どのくらいたったのか――

ふいに、ほがらかなイリュシアの声が響いた。

「まぁ、ミュリエッタ。どうしたの？　いつもと雰囲気《ふんいき》がちがうわね。見ちがえたわ」

口調は明るいものの、目元がやや腫《は》れぼったい。けれどそれを隠そうとする様子だったため、ミュリエッタも気づかないふりをした。

「イリュシアさま。ちょっとご挨拶《あいさつ》をしようと思ってきました」

「顔を見せてくれてうれしいわ。その着方、とてもステキよ」

「成人の儀を……終わらせたから……少し気分を変えてみようかなって……」

「いいと思うわ。でも、ちょっと……大人っぽ過ぎるかしら？　ここをもう少し上げて留めた方がいいわ。でないと、角度によっては胸元が見えてしまいそう……」

イリュシアはそう言いながら、ミュリエッタの肩の飾りピンを外して、衣を持ち上げた。

「えぇ……っ？」

しまった。やり過ぎた？

そんな思いで顔を赤らめていると、エレクテウスが眉間《みけん》に皺《しわ》を寄せ、大股《おおまた》でこちらに近づいてきた。そして自分の外衣《ヒマティオン》を脱いでミュリエッタに着せてくる。

「外見だけ変えてもしかたがない。中身も一緒に成長しないことには、大人とは言えないでしょう。――姫、失礼します」

押しつけるようにそう言うと、彼はそのまま、ミュリエッタを抱きかかえるようにしてその場を後にした。

「え、ちょ、ちょっと！　エレクテウス……ッ」

ミュリエッタは、たたらを踏みながら、それに引きずられていく。

「待ってよ。わたし、イリュシアさまにご挨拶……っ」

「挨拶ならもうしただろう」

「あんなの挨拶のうちに入らない――……ちょっと、やめて。一人で歩けるってば！　放して！」

廊下に出てから、あまりに強引な彼の手を振り払うと、エレクテウスは腰に手を当ててこちらを見下ろしてきた。

「一人になって、またその辺をほっつき歩いて、迷い込んだ異邦人《いほうじん》と世間話に興じるんだろう。その格好で！」

強く叱《しか》りつける口調に、ミュリエッタの中でもむっかぁぁぁっ……と怒りがふくらんでいく。

（なんで頭からこんなこと言われなきゃいけないの!?）

彼はミュリエッタの恋人でも何でもないのに。そんな思いに、気がつけば肩を怒らせて声を張り上げていた。

「ただお洒落をしただけよ。怒られる筋合いなんかない」

泣きたくなる。いつもとちがう格好を見れば、エレクテウスは驚くだろうと思っていた。なのにまたしても、こんなふうに叱られるはめになるだなんて。

「みんな、自分の服の着方くらい自分で選んでる。私だってそうする。いちいち指図なんか受けない！」

外衣《ヒマティオン》を脱ぐや、ミュリエッタはそれを相手に投げつけた。その勢いのまま、きびすを返す。

最初は大股で歩いていたものの、そのうち走り出す。

裾《すそ》が乱れることは分かっていたが、もうそんなことはどうでもよかった。

＋＋＋　　　　＋＋＋

長い銀の髪が風に舞う。

しなやかに駆け去っていく少女の後ろ姿を、エレクテウスは苦い思いで見送った。

たまに前廊《プロナオス》に出ると、彼女はそこにいる男達を必ずと言っていいほどふり向かせる。……信じがたいほどの無頓着《むとんちゃく》さゆえ、本人は一向に気づいていないようだが。

市井《しせい》の人間の目には、神殿育ちの清らかな風貌《ふうぼう》が、花のように可憐《かれん》に映るだろう。しかしイリュシアの側に居続けたせいか、彼女は自分の容姿を特別なものとは、露ほども思っていないようだった。

おまけに、イリュシアのように聖巫女としての立場で守られているわけでもない、一介《いっかい》の見習い巫女である。神官がその気になれば、人気《ひとけ》のない部屋に連れ込むのも容易なはずだ。

これまでそのような騒ぎが起きなかったのは、ひとえに彼女の後ろでエレクテウスがにらみをきかせていたからに他ならない。これまで、彼女のためにどれほど心を砕《くだ》いてきたことか。

それなのに少女は、こちらの努力をあっさりと無に帰すようなふるまいを無邪気にくり返す。

（――……）

たたき返された外衣《ヒマティオン》を身にまとい、エレクテウスは憤然《ふんぜん》とイリュシアの部屋に戻った。

そこではイリュシアが果物をつまんでいるところだった。表の騒ぎはすべて筒抜《つつぬ》けだったのだろう。

先ほどまでしおらしく泣いていたくせに、いまはおもしろがるようにこちらを見上げてくる。

「どんどんきれいになっていくわね、あの子」

ふふふ……とほほ笑む姫君へ憮然《ぶぜん》と返した。

「私はそうは思いません」

「でもかわいいんでしょう？」

さらりと言われ、つい眉間《みけん》に皺《しわ》を寄せてしまう。

かわいくなければ、こんなふうに振りまわされたりはしない。……などと、口に出せるはずもない。

しかし彼女には見通されてしまったようだ。

「かわいくてしかたがないって、顔に書いてある」

つい顔に手をやってしまったエレクテウスに、イリュシアはくすりと笑った。昔から彼女には隠し事のできたためしがない。

「心配だから、つい口を出してしまうんだって言えば？　喜ぶわよ」

「今迂闊《うかつ》に彼女を近づけるわけにはいきません」

「そんなこと言って、成人の儀も、指南役も独《ひと》り占《じ》めしたくせに。本来『指南』は数名の神官の持ちまわりが普通でしょうに」

「存じませんでした」

「嘘ばっかり。一人でやると、神殿長さまを脅《おど》したそうね？」

「そんな下品なことはしていません。ただ小耳に挟んだ醜聞《しゅうぶん》について独《ひと》り言《ごと》を言っただけです」

「それを脅すというのよ」

のんびりと言い、イリュシアは困ったように息をついた。

「私に遠慮《えんりょ》しているの？」

「私がいなくなって困るのはあなたでしょう？　姫」

イリュシアは以前から、国王専属の聖婚の乙女《おとめ》として王宮に侍《はべ》るよう、イロノス王からしつこく乞《こ》われている。しかし聖巫女にのみ許されている特権を行使し、拒《こば》み続けているのだ。

叔父《おじ》と姪《めい》という近親の禁忌《きんき》も、色好みのあの国王には関係がないらしい。

戦《いくさ》と女に目のない、子供のような男。その気質から、兄であった先のクレイトス王とは馬が合わなかったという。よってクレイトスが死んで自分が即位するや、その娘であったイリュシアを、聖巫女とすることで王宮から追い出した。

にもかかわらず、彼女が美しく成長すると、ころりと態度を変えて王宮に呼び戻そうとする。

浅はかで身勝手な男。

(とはいえ、さすがに神殿の権威までは侵すまいが)

メレアポリスの民は信心深い。聖巫女として崇《あが》められているイリュシアを害せば、国王とてただではすまないだろう。

とすると、心配なのはむしろミュリエッタの方だった。

(決して近づけさせるものか――)

いつの間にか大人になっていた少女。長じれば男達の心をたやすく奪うようになると、ずいぶん前から分かっていた。しかし身をもって確信したのは、奉納舞の前夜のことだ。

暗い柱廊《ちゅうろう》の中、月光の中に浮かび上がる彼女の姿は、この世のものとも思えぬほど美しかった。一瞬ほほ笑んだ顔は凄絶《せいぜつ》に艶《つや》めいて見えた。さらにその後、全身を汗にぬらし息を荒げて立ちつくす様は、ひどく扇情《せんじょう》的だった。

大きな青い瞳をじっとこちらに向けてくちびるを軽く開き、激しい呼吸に胸を上下させている姿に、理性を奪われそうになった。

(まだダメだ)

子供の頃から成長を見守ってきた、大切な少女。

まう。

　今、彼女を自分に近づけるわけにいかない。己を忘れて抱きしめれば、きっと巻き込んでし
　守るために。これ以上取り返しのつかない事態にしないためにも、すべて事を終えるまで彼
女は遠ざけておかなければ――。

　物思いに沈むエレクテウスの前で、ふいにイリュシアが顔を上げた。

「そういえば……。今日、戦の勝利を祈願するために有力者の子弟達が神殿に来ているそうよ。

神殿長は彼らを自室に招いて小宴を催《もよお》すおつもりとか……」

「ドラ息子たちが奥殿《オイコス》まで入り込んでいるのですか」

　厄介《やっかい》な予感がする。

　そう思うのと同時に、彼女は爪の先まで美しい指をくちびるに当て、わずかに眉《まゆ》を寄せた。

「その子弟達は、このあいだミュリエッタの舞を見て心を奪われたとかで、彼女を宴に同席さ
せるよう神殿長さまにせまったらしいの。もちろん私から丁重に断っておいたわ。……どこに
行くの？」

　わかりきったことをあえて訊ねる声には応じずに、足早に部屋を出る。

「素直なんだか、素直じゃないんだか……」

　腹の立つつぶやきが、エレクテウスの背後でぽつりと響いた。

怒りとくやしさの収まらぬまま走り続けるミュリエッタに、居合わせた者達がおどろきの目を向けてくる。エレクテウスの耳に入ったら、また半人前と言われそうだ。

（いい。どうせおとなしくしたって、評価は変わらないんだから！）

長い列柱廊を抜け、庭園へと走り出た。さらにその向こうには、他の神々を祀《まつ》った四阿《あずまや》のような小さな祠《ほこら》がぽつりぽつりと建っている。周囲には涼を得るための立木が配されており、ここに暮らす者達にとってよい散歩道となっていた。

しかし今は、降り出しそうな曇天《どんてん》のせいか人気がない。まるでミュリエッタの心と同じような空だ。

＋＋＋

＋＋＋

息が切れて足をゆるめ、ミュリエッタは膝に両手をついた。

ちょうどこの先に祠がひとつある。そこでひと休みしよう。そう思い、歩道に沿って足を進めていたところ、折悪く雨が降り出した。

それはまたたくまに勢いを強めていき、本降りになる。肌を打つ冷たい雫《しずく》にミュリエッタは泣きたくなった。

（なにもこんなときに降らなくても……）

ひとまず早く祠に入ろうと、ふたたび走り出す。そこでなら雨をよけることができるはずだ。しかし目と鼻の先までたどり着いたところで、かすかに人の話し声が耳に入り、足を止めた。複数の男の声だ。

（だれ……？）

なんとはなし嫌な予感がしてそっと近づいていったところ、神官ではないことが見て取れた。立派な身なりの青年が四人、祠で雨宿りをしている。

（どうしよう……）

ミュリエッタは自分の格好《かっこう》を見下ろし、そこでようやく衝撃的なことに気づいた。雨にぬれ、薄物の衣裳が身体《からだ》に張り付いたひどい出で立ちである。ほとんど裸と変わらない。

これでは祠へ入ることなどできない。しかし引き返したところで、今度は神殿の中で、ひどい格好を巫女達の目にさらすだけだ。さらにもし万が一エレクテウスに見られたら、目も当てられない。またどれだけ呆《あき》れられることか。

（いやぁ……っ、それだけはいや！）

自分のことは自分ですると宣言してすぐにこれでは、格好がつかないことはなはだしい。

ミュリエッタは首を振って頭を抱えてしまった。他にどこか雨宿りができて、衣服がかわくまで隠れていられる場所はないものか……。

木陰で、冷えた身体を抱きしめるようにして考えていたとき、ミュリエッタはぶるっと悪寒《おかん》を感じた。あ、と思ったときには、クシャミが出てしまう。

すると、祠から青年の一人が顔をのぞかせた。その青年は、ミュリエッタを目にするなり他の仲間を呼ぶ。

次々と顔をのぞかせた四人が、こちらを見て目つきを変えるのを感じた。

（……あ――……）

日頃から鈍いと言われているミュリエッタでも、さすがにその状況はよくないと察する。

（いけない――かも……）

湧き出した警戒に、一歩下がった。

青年達は雨が降っているというのに、わざわざ祠の外に出て近づいてきた。

「神殿の巫女どのとお見受けしますが、そのようなところでどうなされたのですか？」

口調だけは穏やかに言いながら、彼らはミュリエッタを取り囲む。そのうちの一人が近づいてきて、自分の外套《がいとう》を脱いでミュリエッタの肩にかけ、祠の方へと促した。

「どうぞ中にお入りください。雨に打たれたままではお身体にさわります」

「いいえ、神殿に戻るつもりでした。どうかおかまいなく！」

ミュリエッタは外套を振り払って、その囲みから逃れようとする。しかし青年達は巧妙に輪を閉ざしてそれを防いだ。

「戻るにしても、雨がやむまでお待ちになった方がいい」

「我々も神殿に戻るところだったのです。後で共にまいりましょう」

丁寧《ていねい》な言葉とは裏腹に、腕をつかんでくる力は乱暴だった。身をよじるミュリエッタの抵抗などものともせず、彼らはあれよあれよというまに祠の中へと連れ込んでしまう。

「わたしは今すぐ帰ります。……放してください！」

はっきりと拒絶の言葉を口にしても、彼らはひるまなかった。否《いな》、祠の中へ入るや、表向きだけとはいえ丁寧《ていねい》な態度は一変した。

「かわいい声だ」

「さぁ、捕まえたぞ。どうしてやろう？」

ミュリエッタにとっては絶体絶命でも、青年達にとってはほんの余興《よきょう》のようだ。くすくすと笑っていた一人が、背後から腕をまわし、ミュリエッタの胸を両手で包んでくる。

「やめてください！　私はアシタロテ神に仕える巫女で――あっ……」

濡れた着衣の上からぎゅっとふくらみをつかまれ、つい上体を丸めた。すると相手は石のベンチに腰を下ろし、身を縮めたミュリエッタをいともたやすく膝の上に乗せてしまう。

「心配せずとも寄進ならしているさ。いつも、多すぎるほどに」

「常日頃から忠実な我らが、しちめんどくさい聖婚の手順を少しすっ飛ばしたところで、女神もお怒りになどなるものか」

「性愛はアシタロテ神がもっとも好まれる捧げものではないか」

「そうとも。協力すればひどいことなどしない。あきらめてあなたも愉《たの》しむことだ。巫女どの」

「舐《な》めたり、噛《か》んだり、すすったり。気がすむまでしてあげましょう」

さも愉快そうに笑いながら、青年達はミュリエッタの衣を脱がしにかかった。肩の飾りピンを外されれば、それだけで胸がはだけてしまう。

「いや……っ」

「なんと白い肌だ。まるで南海の真珠《しんじゅ》のようじゃないか」

「ぽつんと珊瑚《さんご》もまじっている。いやはや目に鮮やかだな」

「ちゃんと押さえていろ。雨がやむまでに全員終わらせるんだ」

背後に座る青年が、ミュリエッタの両手をつかんで身体の後ろで交差させる。すると胸を前方に突き出すような形になり、そこに残り三人の手がのばされてきた。

「――……っ」

おそろしさに身を竦《すく》めてしまう。

このまま、この青年達とあれをするのだろうか？　エレクテウスではない男達にふれられ、大事なところまで暴かれてしまうのだろうか？

（いや‼）

「放して！　わたしにさわらないで！」

恐怖に嫌悪が勝った瞬間、こわばっていた身体がミュリエッタの言うことを聞くようになった。拘束《こうそく》から逃れようと力を込めるが、がむしゃらに抵抗して暴れたことで、かえって青年達を興奮させてしまったようだ。

「きゃう……！」

強い力で手首をつかみ直され、痛みに顔をしかめる。乳房をつかんで揉《も》みしだく手も、ひどく乱暴になった。

「い……いた、いっ……！」

「いけない人だ、巫女どの。そんなふうに我々をあおるだなんて」

抵抗すればするほど、彼らから余裕が失われていくようだった。青年達の顔つきが、次第に情欲をむき出しにしたものとなっていく。

（や、こんなのいやっ……助けて……………！）

顔をこわばらせて目を見張った、その時。

ガツッ……！　という音がして、ミュリエッタの胸をつかんでいた相手が、何かに突き飛ばされたかのように勢いよく隣の青年にぶつかった。

せまい祠の中で、二人の青年が折り重なって倒れこむ。

何が起きたのかと祠の入口を見ると、そこからゆっくりと中に入ってくる長身の影があった。

「エ――」

エレクテウスだ、と気づいた時、たった一歩で目前までせまった影に、両脇を持って強い力で引っ張り上げられる。

「わ……っ」

次の瞬間には、ミュリエッタは羽交《はが》い締《じ》めにしていた背後の青年から奪い去られていた。

ミュリエッタを抱き上げたエレクテウスは、目の前の石のベンチへ、ガン！　と乱暴に足を置く。

それは、こちら追いかけて腰を上げかけた青年の足の間――股間《こかん》まで髪の毛ひと筋ほどの場所を踏みしめていた。青年は、凍りついたように動きを止める。

そんな相手を冷ややかに見下ろし、エレクテウスは無表情に告げた。

「逢引《あいびき》の場所を選び損ねたようだ。相方は返してもらう――失礼」

それだけ言うと、彼は雨の中、ミュリエッタを抱き上げたまま祠を後にする。ぬれた砂利道《じゃりみち》を大股《おおまた》に踏みしめる音だけが、雨の音に混じってひびく。

（――……）

一歩進むごとに大きく上下する腕の中で、ややあってミュリエッタはおずおずと彼の首に腕をまわした。不注意が招いた災難について、すぐにでも怒られるかと思いきや、何も言われる様子がない。

彼はただ、いらだちもあらわに大股で歩を進めるばかりだった。

思いきって首筋にきゅっとしがみつくと、ふいに「このバカ……！」というつぶやきが、雨の音に混じってかすかに聞こえた。

ミュリエッタは、ますます力を込めて抱きついた。

「ごめんなさい。……エレクテウス、ごめんなさい……っ」

暖かい。

鼻をすすりながらくり返した言葉に、返事はなかった。


庭園からミュリエッタを連れてもどったエレクテウスは、巫女の殿舎よりも近い、神官用の殿舎内にある自分の部屋へ運び込んだ。

（え、い、いいの……？）

異性を殿舎に入れることは通常禁じられている。今は緊急事態だからという判断かもしれないが、それにしては彼がミュリエッタの頭に外衣《ヒマティオン》の衣を巻き付け、顔が見えないようにしているのが不可解だった。

部屋に戻った彼は、寝台の上にミュリエッタを下ろすと、乾いた布を取ってくると言い残して部屋を出ていってしまう。

（…………）

一人残され、困惑した。

彼が神殿にやってくる前、母の実家で一緒に暮らしていた頃は、毎日のように部屋に出入りしていた。

部屋の様子はその頃とそう変わらないようだ。きょろきょろと見まわしながら、ミュリエッタはそう考えた。

広さは、見習い巫女の部屋が三つ入るほど。しかしそこにあるのは、卓と椅子《いす》、そして寝台と質素なものだ。部屋の端にはパピルスの巻物が山のように積まれているが、それは人の目を愉《たの》しませる装飾とはなり得ず、なまじ広い分、飾り気のなさが際立《きわだ》ってしまっている。

（飾り壺《アンフォラ》のひとつも置けばいいのに……）

高位の神官として、望めば贅沢《ぜいたく》に飾れるのだろうに、そういうことにはまるで興味がないようだ。——そこまで考えて、ふと彼がひそかに神殿執政官としての権限を使い、私財を寄進してイリュシアの聖婚を買い占《し》めているという噂《うわさ》を思い出す。

（いやだな、わたし……）

少し前まではこんなに揺れなかった。

エレクテウスはイリュシアのもの。きちんとそうわきまえ、それでもひそかに片思いをしていることに、せつなさを感じつつも不満を持ったりはしなかった。

なのに今は、イリュシアとエレクテウスが恋人のように振る舞う場面を見て、いちいち動揺《どうよう》してしまう……。

（……もしかして、イリュシアさまも……同じ、なのかな……？）

イリュシアは、エレクテウスがミュリエッタにふれるのがいやなのではないだろうか。しかし聖巫女としてそれを表に出すことができず、エレクテウスの前でだけ泣いていたのだろうか……？

ふとそう思いついて愕然《がくぜん》とした。もしそうなら、そんなことはあってはならない。イリュシアを悲しませることなど、決してあってはならない――。

そこへ、パタン、と扉の閉まる音がして、身体をふくための布と新しい衣を手にしたエレクテウスが戻ってきた。

大きな布や衣、他にも何かあるようだ。彼はそれらをいったん寝台横の小卓に置くと、まずは乾いた布を手に取る。

「ありがと……」

それを受け取ろうと手を出したが、彼は布をミュリエッタから遠ざけるようなそぶりを見せた。代わりに静かに命じてくる。

「服を脱ぎなさい」

「え……？」

突然の指示にきょとんとしてしまう。まだ昼間だ。夜の勤めには早い。

するといれは重ねて言った。

「どうした？　早く言うとおりにしなさい」

「……で、でも——なんで？」

素朴《そぼく》な疑問に、彼は片眉《かたまゆ》を上げてちらりと笑う。

「なぜ？　決まっている。身体をふくためだ」

「そんなの、自分でできる……——ぐしっ」

小さなくしゃみをしたミュリエッタに、エレクテウスは息をついて布を寝台の傍《かたわ》らに置き、ミュリエッタの腰の飾り布に手をのばしてきた。

「あ、や——やめ……っ」

阻《はば》もうとしたものの、抵抗はあっさりと退けられて、帯をほどかれてしまう。そしてぬれた衣がすべて取り除かれた。

そのまま寝台に押さえつけられ、抗《あらが》うように裸身をよじらせている状況は、夜の勤めと何ら変わらない。

「やだっ、エレクテウス……。お勤め以外ではいや！　イリュシアさまが——」

その名前に、彼はミュリエッタの身体をふこうとしていた手を、ふと止める。

「彼女が、どうした？」

「どうって……泣いてたじゃない。今朝。……あれは、エレクテウスがわたしにこういうことするのが、いやだからじゃ……」

「関係ない。あれは別のことが原因だ」

「へ……？」

きっぱりとした言に、首をかしげる。すると彼はミュリエッタを押さえつけていた手を放し、乾いた布を広げた。

「彼女の問題は、私が何とかする。だがいまはおまえの方が急を要する――」

「ぐしっ」

「……風邪《かぜ》を引いて夜の勤めを休んだりしたら、その分を後でじっくり補習してやるぞ」

「うぅ……っ」

こわい顔で言われ、しかたなくミュリエッタはそろそろと身を起こす。エレクテウスはその身体に布を押し当てるようにして、やわらかく拭《ふ》いていった。

自分でやるときは何でもないことなのに、こんなふうにされるとひどく恥ずかしい。特に胸の部分に布を当てられたときには、「ん……」とかぼそく声を漏《も》らしてしまった。

冷えた先端が固く凝《しこ》っている。それを見られた上に、やわらかく布でこすられ、反応してしまったのだ。そんな自分が淫《みだ》らに思え、赤くなった顔をうつむけた。

しかし、布を持った手が下肢《かし》に向かうのを見て、あわてて顔を上げる。

「あの！　あとは自分でやるから……！」

「なぜ？」

当然訳は知っているだろうに、彼は素知らぬ様子で訊ねてきた。恨めしさから、むぅっとくちびるを尖らせる。

「……だって——は、恥ずかしいから……」

「ただ身体を拭いているだけだ。何を恥ずかしがる必要がある？」

「だって裸だし……」

もごもごと応じると、彼はあろうことか鼻で笑った。

「見慣れている。さぁ、そのままでは尻が冷える。さっさとこっちに向けなさい」

「えぇ⁉」

昼日中の部屋で言われたことと思えず、思わず訊き返してしまう。しかしエレクテウスは、冗談を言っている様子ではなかった。

「な、なんでそんなこと……っ」

「聞き分けのない子猫を躾《しつ》けているつもりだが？」

さらりと返されて絶句する。ようするにこれは仕置きというわけか。

（ひどいっ）

理不尽な言い様に、考える前に言い返してしまった。

「あ、雨に降られちゃったのは、わたしのせいじゃないもの……！」

「そもそもあの格好で人気《ひとけ》のない場所に向かおうとした判断力の問題だ」

「だって、それは——」

あの時のことを思い出し、ぱっと朱の散った顔を背ける。

「人気のあるところに行って、泣いちゃったら……やだなって、思って……」

もそもそと言うと、彼は意外なことを耳にしたとでもいうように紫の瞳を丸くし、そして片手で顔をおおった。

（あ、あきれてる……？）

しかしやがてその手を下ろすと、彼は深くため息をつく。

「判断力に問題があることはまちがいない。さぁ、いつまでその格好でいる気だ？　早く言われた通りに」

「い、言われた通りにって……。だって……」

すがるように訴えてみるものの、相手は氷のような無表情でそれを跳ね返した。

しかたなく、ミュリエッタはのろのろと寝台の上で四《よ》つん這《ば》いになり、彼に向けて臀部《でんぶ》を突き出す。

「こ、こう……？」

まだ日中だというのに、人の部屋で、それも寝台の上で、服を着ないでこの格好……。自分の置かれた状況に、顔から火を噴き出しそうな気分だった。

エレクテウスはそんなミュリエッタの腰から尻、そして大腿《ふともも》を丁寧《ていねい》に拭いていく。

（……どう思ってるんだろう……？）

こんな明るい中で生まれたままの姿を見られるのはいやだったが、それでも見られているとなると、気になるのは体型だった。

彼の目に自分の身体はどのように映っているのだろう？　これまで彼が目にした女性達と比べると、きれいな方なのか、それともまだまだ子供っぽいのだろうか。

イリュシアと比べると――？

その考えに、ふいに羞恥《しゅうち》がこみ上げた。いやだ。あんな完璧《かんぺき》な女性と比べられたくない。

「もういい？」

頃合いを見計らって訊ねたが、そっけなく「まだだ」の声が返ってくる。

（も、もういや……っっ）

一刻も早く服を着たい。おそらくは未完成な身体を、彼の目から隠したい。

そんな思いから、くしゃみの真似《まね》でもしようかと本気で考えた、その瞬間。

背中にくちびるのふれる感触があった。

「え……っ」

突然の、やさしくやわらかい感触にぶるっと身体をふるわせる。

するとくちびるは、さらに肩胛骨《けんこうこつ》の間に口づけ、それから丹念に背筋をたどって腰へと向かった。手がじれったいほどゆっくりと身体を這い、くちびるは静かに臀部に到達する。

ミユリエッタはくたりとくずれそうになる身体を必死に支えた。我知らず吐息がこぼれる。

「……え……っ、エレクテウス……」

「身体を温めるには、これがいちばん手っ取り早い」

「でも――ふ、……んっ……」

脇腹を甘く吸われ、息を詰める。夜の勤めで、感覚を研《と》ぎ澄まされてしまった身は、それだけで下腹がジン……としびれた。

彼の言う通り、身体はあっというまに熱く火照《ほて》っていく。とそこへ。

コンコン、と外から扉をたたく音が響いた。

「エレクテウスさま、おいでですか？」

木の扉越しに、見習いらしい少年の声が聞こえてくる。

「神殿長さまがお呼びです。お出ましください」

「いま行く。そこで待て」

返事をしながら、エレクテウスはミユリエッタの上に覆《おお》いかぶさっていた身を起こし、寝台の近くに置かれていた新しい衣を渡してくる。ミユリエッタは飛びつくようにそれを手に取り、身につけた。

そして急いで寝台から下りようとして……、床に足を着いたところで、腰に力が入らずにくずれおちる。

「あっ……」

思わず声を発してしまった口を、背後から抱き止めたエレクテウスの手がふさいできた。ミユリエッタの首筋に顔を近づけ、彼は低い声でささやいてくる。

「静かに」

身体を支えるように後ろからしっかりとまわされた腕と、背中に押しつけられたたくましい身体を意識しただけでも普通ではいられない。

そこへさらに耳に艶《つや》めいたささやき声を注ぎ込まれ、まるで溶けてしまったように腰に力が入らなくなった。

まわされている腕にしがみつくようにして、背を預けて立っていると、口をふさいでいた手がふいに衣の合わせを割ってもぐりこみ、その指が秘処《ひしょ》にやわらかくふれてくる。

「………っ」

なんとか声がもれるのをこらえたというのに。その指先は、あろうことか秘裂《ひれつ》の間にもぐりこんできた。

エレクテウスがいじわるく笑みを交えてささやく。

「……ぬれてる」

カァァ……ッ！

あからさまな物言いに、ただでさえ熱を持っていた顔がさらに紅潮してしまう。

ミュリエッタは声を潜めて強く抗議した。

「や、やめて……っ」

見つかってはならないのなら、こんなことをしないでほしい。

うまく力の入らない身体でじたばたと抵抗すると、彼はミュリエッタをふたたび寝台へと座らせる。あげく膝を割ってさらに秘所をいじり始めた。

「え、エレクテウス……や、やだ……てば……っ」

その手をつかんで抗《あらが》う小声に、くちゃくちゃという淫猥《いんわい》な水音が重なる。

「……はう、ん……っ」

しばらくは我慢していたものの、少したつとさすがにこらえきれず、声を漏らしてしまった。

と、エレクテウスは小卓に手をのばし、取り上げたものをミュリエッタに見せる。

(え……)

それは以前使われた翡翠《ひすい》の張り型だった。男根を模した、あからさまな形状にうろたえてしまう。

おそるおそる見上げると、彼はそれをミュリエッタの口元に当ててきた。舐《な》めろということだろうか？

相手の意図が分からないまま、そっと口を開いてそれを受け入れる。すると彼は、ミュリエッタの秘部にまたしても指をもぐりこませてきた。そこでようやく、張り型を口に含まされた理由を悟る。

「……っ、ぅ……ん……！」

くぐもった声を発し続けるミュリエッタをしばらく苛《さいな》んだ末、彼はミュリエッタの口から張り型を取り出すと、そっと口づけてきた。

いつものように、最初はためらうような口づけは、くり返すうちに次第に深くなっていく。ちゅくちゅくと舌をからめ合わせ、その心地よさにミュリエッタがとろんとしてきた頃。

彼は口づけをしたまま、ミュリエッタの片足だけを大きく広げた。そして先ほどの淫戯《いんぎ》によって濡れそぼつ蜜壺《みつつぼ》に、張り型を埋め込んでくる。ぐちゅ……っという、耳をおおいたくなるような音がした。

「んんっ、……ん、ぅ……！」

細身でつるつるとした表面のせいか、少しずつ押し込められてきたそれは、何の抵抗もなくミュリエッタの中に呑《の》み込まれていく。わずかな後、隘路《あいろ》は冷たい石でみっちり拡げられてしまった。冷たく硬い感触に、蜜壁がとまどいながらもからみつく。

「……うっ……」

口づけで封じられた声が収まると、エレクテウスはさらに小卓に手をのばし、置かれていた白い紐を手に取った。

「何に使うと思う？」

問いかけるささやきに首をふると、彼は実践《じっせん》で応じる。

すなわち秘裂に沿って紐をまわし、それで張り型を押さえるようにして、腰の部分で紐を結んでしまったのだ。

「私がいいと言うまで決して取らないように。言いつけに背いたらもっと重い仕置きをする」

ミュリエッタは身体《からだ》の中を拡げる異物の感覚に、声を殺して半泣きで訴えた。

「これじゃ動けない……っ」

しかし彼はかまう様子もなく、さらりと返してくる。

「動く必要はない。このまま夜までここでおとなしくしていなさい」

「やだ……っ」

出て行こうとする彼の袖《そで》をつかんだ手は、大きな手によって優しく外された。

「続きはまた夜に」

＋＋＋　　　　　　＋＋＋

パタン……という、扉の閉まる音に、ミュリエッタはうつろだった意識を呼びもどされた。

同時にふわりと食欲をそそるいい匂《にお》いがする。

夜、ようやくエレクテウスが迎えに来たとき、ミュリエッタは言われた通り寝台に横たわっていた。

「いい子にしていたみたいだな」

寝台まで近づいてきた彼に揶揄《やゆ》を込めて笑われるが、そもそも少しでも動くと紐で固定された張り型を意識してしまうのだ。動くに動けない。

いい子にしていたというよりも、ぐったりしていたという感じだった。

「もう、取って……」

やっと現れた彼にミュリエッタはかぼそく訴える。しかしにべもなく返された。

「至聖処《ナオス》の祭壇《さいだん》に着いてからだ」

そう言いながら、彼は寝台の側の小卓をミュリエッタの目の前へと持ってくる。そこには湯気の立つ陶器《とうき》の椀《わん》が置かれていた。ひよこ豆を煮込んで丁字《クローブ》で味付けたスープである。

「エレクテウス……」

スープは好物だし、お腹《なか》も空いている。しかし今は、一刻も早く中に収められたこれを外してほしい。視線で一生懸命そう訴えたものの、彼はそ知らぬ顔で応じた。

「食べ終えたら場所を移す。早く解放されたいなら、さっさと食べてしまうことだ」

そして寝台に腰かけてスープをじっと見つめるミュリエッタの横に自分も腰を下ろし、……どさりと後ろに寝転がった。

（え……、えええ……っ？）

足だけを下ろして、長身を寝台に横たえて目をつぶる彼を、ミュリエッタは目を丸くして見下ろす。

エレクテウスが寝ているところを見たことは、再会してから一度もない。……だいたい彼はくつろいでいる姿を人に見られるのが好きではないのだ。黒い髪のかかったきれいな顔立ちを、こんな風に眺める機会などそうそうないだろう。

ミュリエッタは息を殺してそちらに向き直り、その姿を目に焼き付けようとした。

男らしい直線で描かれた頬《ほお》に、清潔そうな口元。そして涼しい目元。いつも辛辣《しんらつ》な視線を投げる紫の瞳を閉じると、その顔が急にやさしげな印象になるということに、初めて気がついた。

（……似てる）

ふと、そう感じる。しかし何に似ているのかと自分で首を傾《かし》げたとたん、彼がぱちりと目を開き、強い視線とぶつかった。

「ぼやぼやしないで、とっとと食べなさい」

「……はいっ」

あわててスープに向き直ろうとしたミュリエッタは、そのとたんに下肢《かし》の奥でぐり、と張り型のこすれる感触を覚え、びくっとふるえた。

「ひぁん……っ」

「悩ましい声は後にしろ」

「一人では食べられないというのなら、食べさせてやろうか？」

紫の瞳が、気だるげにこちらに向けられる。

「スープをすくったスプーンを口の中に押し込んで、舐め方から指導してやろう」

瞳の端に笑みをにじませて言う目つきは、えもいわれぬほど悩ましかった。

「一人で食べられる！」

ミュリエッタはあわててスプーンを手に取り、お椀《わん》の中身をかきこむ。あっという間にたいらげてしまうと、エレクテウスはここに連れてきたとき同様、ミュリエッタを両腕に抱き上げた。そして窓から外に出て、人目を忍ぶ道を使って移動を始める。ミュリエッタはその肩口に、額をぎゅっと押しつけた。

「エ、エレクテウス……、も、もう少し、静かに歩──あっ、……ふっ。……うぅ……！」

「歩かなければ着かない」

エレクテウスはしれっと返してくる。その一歩一歩がいちいち張り型に響くことに、彼はもちろん気づいていただろう。しかし歩調をゆるめることなく、足早に歩を進めていった。

ようやく聖堂にたどり着いた時、できる限り声を殺していたミュリエッタは、すでに一人では立てないほど疲労困憊《こんぱい》していた。

「今日は色々と変則的だから、世話役の見習い巫女には来ないように言っておいた。仕度《したく》部屋には寄らず、このまま祭壇に向かう」

（変則的……？）

自分がこうして彼の部屋から連れてこられることだろうか。うっすらとそう考えたが、それだけではなかった。

エレクテウスに抱き上げられたまま至聖処《ナオス》に向かい、祭壇に上がっていくと、ミュリエッタはその場にもうひとつ人影があることに気づいた。

祭壇の端にゆったりと腰かけているその人物は、神殿の者ではない。華麗《かれい》な刺繍《ししゅう》をほどこした色鮮やかな外衣《ヒマティオン》といい、宝石の連なった首飾りといい、一目見ただけで貴族とわかる華やかで粋《いき》な出で立ちだった。

エレクテウスの両腕に抱かれたミュリエッタを、興味深げに眺めてくるその顔には見覚えがある。野外劇場でエレクテウスにミュリエッタを教育するように言いわたした、国王の側近だという青年だ。

「ミラサ家のセレクティオン殿だ」

エレクテウスの紹介に、彼は小さく頭を下げた。動きに合わせ、額飾りで押さえた、艶《つや》やかに長い薄茶色の髪がゆれる。それよりも少し濃い茶色の瞳は、穏やかであるものの、どこか刃を秘めたような危うさがあった。

「王命により、陛下のご意向がきちんと受け止められているかどうか、確かめさせていただきにまいりました」

そう言って、青年はうっそりとほほ笑む。

（つまり……どういうこと……？）

ミユリエッタの視線に、エレクテウスは簡潔に応じた。

「指南の場をセレクティオン殿が見物し、その様子を国王陛下にお伝えするということだ」

そしてゆらりと青年へ眼差《まなざ》しを移す。

「私の記憶が正しければ、陛下は現在この都から遠く離れた戦場におられるはずですが……、王都の留守を任された貴殿にそのようなことをお命じになるほど、この娘に執心めされているということですか」

「御心は私にも量りかねます。ですが御命令があったことは事実ですので」

冷ややかな紫の瞳と、笑みを含んでおだやかな茶色の瞳が見つめ合う。その緊迫した雰囲気《ふんいき》に、ミユリエッタの心にひたひたと不安が忍びよってきた。

しかしやがてエレクテウスは視線を外し、ミユリエッタを祭壇へと下ろす。

国王からの使者の前で、みっともない姿を見せてはいけない。足も腰も、いましもくずれそうになるほど頼りなかったものの、ミユリエッタはその一念を支えにして何とか一人でその場に立った。

と、エレクテウスはその背後にまわり、内衣《キトン》の肩を留める飾りピンに手をかける。

「ではミュリエッタ。先ほどの続きだ」

「え……？」

「セレクティオン殿にお見せしなさい。おまえがいま、服の下にどのような淫《みだ》らな姿を隠しているのかを」

「――っ」

ここに来るまでの、張り型による淫靡《いんび》な責め苦にぼんやりとしていたミュリエッタは、そこに至ってようやく、この青年がエレクテウスと自分の行為をずっと見守るつもりであることに気づいた。

「や……っ」

ピンが外され、肩からはらりと衣が落ちる。それをミュリエッタはあわてて手で押さえた。

「やだっ、見られる……なんて――」

エレクテウスによって悪戯《いたずら》をされている今、とてもではないが衣の内側を彼以外の人に見せることなんてできない。羞恥《しゅうち》に顔を赤らめるミュリエッタに向け、セレクティオンは安心させるようにほほ笑んだ。

「ミュリエッタ殿。私のことはどうか、植物か置物とでもお思いください」

（無理！）

反射的に、ミュリエッタは激しく首をふる。すると相手はゆったりと首を傾《かし》げた。

「では私は陛下へこう申し上げればよいのですか？　『神殿執政官エレクテウスには、王のために巫女を教育しようなどという意志はないようです』と」

「いいえ！」

耳にした言葉に、とっさに、先ほどよりも激しく首を横にふる。

「そんなことはありません！　エレクテウスはわたしの成人の儀も、指南も、陛下のためにちゃんと——」

「ではその証《あかし》を示していただきたい」

茶色の眼差しをひたりとこちらに据え、彼は押しの強い口調で言った。どうやら、やさしげなのは見かけだけのようだ。

「…………」

ミュリエッタはくちびるをかむ。

（我慢しなきゃ……）

それが国王の望みだというのなら応じなくては。そう自分に言い聞かせ、ミュリエッタはセレクティオンに向けてかすかにうなずいた。

と、彼はエレクテウスに目をやる。

「どうぞ続きを」

その言葉に、肩に置かれたエレクテウスの手がぴくりとこわばる。

（…………）

もしかしたら彼も不本意なのかもしれない。そんな思いがふとわき上がってきた。しかし王命であれば――神殿の教義にふれないような命令であるのなら、従わないわけにはいかない。

「ミュリエッタ、手を」

ややあって、背後からエレクテウスがささやいてきた。

泣きそうになりながら手をどけると、彼は細い飾り帯を外し、内衣《キトン》をすべて取り払ってしまう。

生まれたままの姿になったミュリエッタを見て、セレクティオンが軽く目を見張った。そのことに顔がカッと熱くなる。

ミュリエッタの秘部には、午後に入れられた翡翠《ひすい》の張り型がまだ収まっていた。そしてそれを押さえるように白い紐がまわされ、それは交差するように腹部に巻きついた上、ふくらみに引っかけるようにして、乳房の上で留められているのだ。

しかもエレクテウスの部屋からここに来るまでの道中で、秘裂《ひれつ》からはわずかに蜜までにじんでいる。

「…………っ」

考えれば考えるほど恥ずかしい。首まで朱を散らしたミュリエッタの顔を、エレクテウスは背後から顎《あご》をつまむようにしてセレクティオンに向けた。

「今日の午後、迂闊《うかつ》なふるまいをした結果、奥殿《オイコス》に入り込んだ部外者の若者達に手籠めにされそうになった。これはその仕置きだ。……そうだな?」

確認の言葉に、ミュリエッタは消え入りそうな声でうなずいた。

「……はい……」

「正直に言いなさい。彼らに何をされた?」

(何って――)

あの時の光景を思い出して首をふる。一人に両腕を拘束《こうそく》され、残る三人に肌や胸をまさぐられた。……なんて、言えるはずがない。

「ミュリエッタ」

だまっていると、エレクテウスは促すように名前を呼び、白い紐に指をかけてツンツンと引っ張った。

「あっ、やぁ……っ」

そのとたん、紐に押された張り型がミュリエッタの奥をずくずくと突く。

「あっ、……あ……!」

ミュリエッタは身体《からだ》を震わせ、背後のエレクテウスに寄りかかった。裸の肌に彼の衣がふれる。……彼の身体がふれる。

そのことにハッとしていると、ふたたび艶《つや》めいた低い声にささやかれた。

「彼らに何をされた？　言えないようなことか？」

「ん……っ」

なぜだろう。すでに身体が火照《ほて》っている。例によって近くで薫《た》かれている香のせいか、それとも身体の奥を埋める翡翠の張り型のせいか、……あるいは質問のたびに耳にかかる、吐息のせいか。

大好きな声を直接注ぎ込まれ、鼓膜《こまく》がふるえた。おまけに問いつめておきながら、彼の手は紐を引っ張るのをやめようとしないのだ。

「ミユリエッタ」

「はぁっ、んぅ……っ」

ずくずくと動く張り型を、ミユリエッタの中がきゅぅっと締め上げた。甘い疼《うず》きがじんわりとわき上がる。

感じてはいけないと思うほどに、淫唇《いんしん》はひくつき、とろりと蜜口からあふれた蜜が、大腿《ふともも》を伝うのがわかった。

そんな自分の姿を、知らない人に見られていると思うと、恥ずかしくて消えてしまいたくなる。

「感じているのか？」

背後から訊ねられ、ミュリエッタはあえかに首をふる。しかし強く紐を引かれれば、ずんっと奥を穿《うが》つ衝撃に腰が溶けていく。

「ひ、んぅ……っ！」

蜜口から、ふたたび蜜がこぼれ出す。身の内を苛《さいな》む喜悦《きえつ》にふるえ、ミュリエッタはとうとう一人では立っていられなくなった。

背後のエレクテウスに寄りかかり、ぞくぞくと身の内を騒がせる愉悦《ゆえつ》に耐える。

「……ふ……うっ」

「分かった。セレクティオン殿に見られて興奮しているんだな？」

ささやき声が、ねっとりと耳朶《じだ》にからんだ。同時に紐を引っ張られ、また身体が跳ねる。

「あン、……あっ、……」

自らの嬌声《きょうせい》にあおられて、身体が甘い熱で満たされていく。火照るばかりの身体が、ある瞬間、くずれ落ちそうになった。

「ミュリエッタ」

後ろにいたエレクテウスが片手でその腰を支えてくる。しかし同時に、もう片方の手が紐を引っ張ったため、ミュリエッタは全身をこわばらせた。

「ひっ、あぁあぁぁっ……！」

体重が張り型の一点に集約し、そこで重い快感が破裂する。それは頭から爪先《つまさき》まで突き抜け、びりびりと痺《しび》れてしまった。

「ひぁっ……んん、ぅ……っ」

下肢《かし》にたゆたう甘い疼きに、なおも身をふるわせる。

埋め込まれたままの翡翠に懊悩《おうのう》し、自分にもたれかかってくるミュリエッタを、エレクテウスはようやく祭壇《さいだん》に横たえた。

「ぁ、……はぁ……っ」

大腿に触れる空気が冷たい。付け根からこぼれた蜜は、どうやら膝のあたりまで濡らしているようだ。

荒い息に胸を上下させ、時折びくびくとふるえるミュリエッタを、近づいてきたセレクティオンがしげしげとのぞきこんでくる。

「達してしまったのですか？　なんて他愛《たわい》のない……」

あきれ声に、エレクテウスがわずかながらムッとしたように言い返した。

「快感に素直な身体なのです」

そしてこちらを見下ろしてくる。

「ミュリエッタ。一晩中この格好でいる気か？　遅かれ早かれ口を割ることになる。分かっているだろう？」

分かっている。なんとなく想像がつく。淫戯に慣れた大人に、快感を覚えたばかりの自分がかなうはずがないのだ。

（最初から話しておけばよかった……）

ぐったりとしながら、いまさらとも言うべき後悔を覚える。

「きちんと答えたら、これを取ってやる」

「んん……っ」

エレクテウスに張り型を軽くつつかれ、きゅっと目を閉じて新たに生まれそうになった疼きをこらえた。

「キ、内衣《キトン》を……」

これ以上悪戯《いたずら》をされないうちに、とミュリエッタは渋々口を開く。

「脱がされて……、その、上だけだけど――」

「この肌を若者達に見られたわけだな？」

冷ややかな声音《こわね》に、だまってうなずいた。

「何か言われたか？」

「肌が……真珠《しんじゅ》のようだと……」

自分で言って、恥ずかしくなってくる。セレクティオンが混ぜ返すように言い添えた。

「なるほど。まちがってはいない」

しかしエレクテウスは、耳に入っていないかのようにそれを無視する。

「それで？」

「て……手を拘束《こうそく》されて――胸を……さわられた……」

「さわられた？」

「……揉《も》まれた。でもそこにエレクテウスが来てくれて――」

セレクティオンが瞬きをし、おもしろそうにエレクテウスに目をやる。

「訊かれていないことには答えなくていい」

すげなく応じると、エレクテウスはようやく白い紐をほどいてミュリエッタの身体から外した。と同時に、ぬぷ……という音と共に張り型も引き抜く。

「んっ、……ぅ……」

ずっと下腹を重くふさいでいた物が取りのぞかれ、ひとまずホッと息をついた。しかしそれですむはずがないことを、すぐに思い知る。

エレクテウスは胡座《あぐら》をかいてその場に腰を下ろすと、ミュリエッタを背後から抱えるようにして自分の上に座らせ、セレクティオンと向かい合う。そしてごく機械的な口調で恐ろしいことを告げたのだった。

「浅はかなふるまいをした罰だ。今夜は、一晩で何度達することができるか数えてやろう」

「え……？」

意味をつかみかねて振り仰《あお》いだものの、彼の顔を見ることはできなかった。心を置き去りにされる感覚にとまどってしまう。

今日はどうしたというのだろう。今までの彼とは、なんだか態度がちがう。

反対に真正面に座るセレクティオンと目が合い、ミュリエッタは小さく頭をふった。

「エレクテウス、やだ……っ」

しかしエレクテウスは取り合わない。

「短い時間でおまえがどれほど淫《みだ》らになったか、セレクティオン殿にお見せしなさい」

そう言うと、彼はミュリエッタの両脚を持ち、自分の膝に引っかけるようにして大きく開かせた。

「や、やぁぁ……っ」

一糸《いっし》まとわない姿でそのような格好を取らされ、自分の最も秘めやかな場所を人目にさらされる。その事態にミュリエッタは混乱し、暴れるように足をゆらした。しかし。

「ミュリエッタ、市井《しせい》の子供のようにさわぐな。これも勤めだ」

押し殺した声でエレクテウスにたしなめられ、はっとその動きを止める。

（お勤め……）

アシタロテの巫女……王の未来の聖婚の乙女《おとめ》として、果たさなければならないこと。

その意識が、混乱を押しのけてミュリエッタの胸を占《し》めていく。

（でも……こんな恥ずかしいことが……お勤め、なの……？）

ちらりと視線を向けた先で、セレクティオンがじっとこちらを見つめていた。彼はこれから、自分が目にしたことを国王に報告する……。

茶色の瞳にあますところなく焼き付けられる、その記憶の中に、ミュリエッタがエレクテウスの言うことに逆らって手こずらせている場面などを残してはならない。

ミュリエッタは意を決してセレクティオンに向き直った。抵抗がなくなったことを悟ると、エレクテウスは仕上げとばかり、ミュリエッタの両腕を背中にまわした。

「左右の手で、自分の肘をつかんでいなさい」

「え……あ、ぅ……」

指示の通りにすると、前に向けて胸を突き出すような姿勢になってしまう。セレクティオンは相変わらず、やさしげな茶色の瞳をこちらに向けていた。

顔は熱く火照ったまま。目元を染めて、うるんだ青い瞳で見つめると、相手は少し目を眇《すが》める。その眼差《まなざ》しに情欲の火が灯ったことを、なぜともなく悟った。

「ひどく濡れていますね。先ほどの淫具がそうとうお気に召したようだ」

ミュリエッタの秘処《ひしょ》を眺め、彼はうっすらとほほ笑む。

「……いえ……」

ゆるゆると首をふると、背後からエレクテウスの指がすぅっと淫裂をたどった。

「うぁ……、ぁあ……っ」

に言えばいい」

「臀部《でんぶ》にまでしたたっている。……張り型に奥を抉《えぐ》られて気持ちがよかったんだろう？　素直

「……ちが……ます……」

エレクテウスの指に身もだえるミュリエッタを見て、セレクティオンはくすくすと笑う。

「ふふ。強情そうな子だ」

「セレクティオン殿」

ちょっかいを出してくる貴族の青年を制し、エレクテウスはこちらにささやいた。

「……ミュリエッタ、まずは昨日の復習だ」

そう言うと、昨夜の探索で発見した、ミュリエッタの身体の中の弱いところ……ふれられると、くすぐったくてたまらずにもだえてしまう箇所を、ひとつひとつたどっていった。

「あっ……」

淫靡《いんび》な手と指が、膝の裏、蜜にまみれた大腿《ふともも》の内側をじっくりと這《は》う。同時に、不埒《ふらち》な舌とくちびるは耳の後ろを舐《な》め、うなじを吸った。

「うぅっ、……う、やぁ……っ、くすぐっ、たい……！」

昨夜エレクテウスが弱い場所に口づけた際の印は、すでに消えている。しかし彼はその場所を正確に覚えているようだった。

ふれるだけで、あるいは舐めるだけでミュリエッタがもだえる場所を、ねらいすまして責め

てくる。

「あっ、ぅん……ふぅ……、……ぁぁんん……っ」

淫芽《いんが》にふれられるのとはまたちがう。じわじわとした気持ちのよさに、ミュリエッタは少しずつ吐息の温度を上げていった。

とはいえ淫具で一度果てた身体は、昨日よりも敏感になっていて、少しの刺激でも大きくとらえてしまう。

ねっとりと脇腹を這い上がった手が、胸のふくらみの脇を器用にくすぐってくると、ミュリエッタの身体はびくんびくんと上体をゆらした。

「んっ、……あ、……あぁっ……」

その間にも、後ろではぴちゃぴちゃと首のあたりを舐める音が響いている。耳の中をえぐるように、ぐりぐりと舌先を押しつけられ、ふるえが走った。

「やぁっ、やだそれ、くすぐっ……た、……ああぁっ」

秘部にさわられてもいないのに、大きく広げられた足の付け根で、蜜のこぼれ出す感触があった。

「やぁ……っ。やっぱ、り……見ないでぇっ、ぁ……はンっ」

しっとりと汗ばんだ身体をのたうたせ、エレクテウスのひざの上でミュリエッタが踊る姿を目にして、セレクティオンが感嘆《かんたん》のため息をつく。

「胸のふくらみがささやかな娘ほど感度がいいと聞きますが、一理あるようですね」

「ひぅ……っ」

薄々思っていたことではあるものの、ずばりとした指摘が胸に刺さる。衝撃を受けていると、エレクテウスが不服そうに応じた。

「この娘はまだ成長途中です。これから大きくなるのですよ」

「私の恋人はわがままで気位が高く、毎回その気にさせるのが大変なんですよ。ミュリエッタ殿くらい感じやすければ、彼女もしのごの言わずに私を受け入れてくれるようになるでしょうに」

「愚痴《ぐち》ですか」

エレクテウスの問いに彼は肩をすくめる。

「まさか。のろけですよ。その気にさせるのが楽しいのです。挑みがいがありますから。さて――」

気を取り直すように言って、セレクティオンは蜜に濡れたミュリエッタの秘処をなぞるように見つめた。

「一晩で何度達することができるのか、数えるということでしたね。何かお手伝いしましょうか?」

「手伝い……ですか?」

怪訝《けげん》そうなエレクテウスに彼は軽くうなずく。

「せっかくこうしてアシタロテの神官による性技の指南の場にいるのです。木偶《でく》のようにただ座っているだけというのもね」

「……ふれること以外はしないと約束できますか？」

「もちろん。私とて浮気がばれたら恋人に殺されます」

「……だそうだ、ミュリエッタ。どうする？　二人がかりだ」

背後からささやかれた声に、ミュリエッタは首をふる。

「いや……」

セレクティオンはかまわずに腰を上げ、ミュリエッタと膝がふれそうなほど近くまで寄ってきた。

「いや？　なぜです？　二人に責められれば、快感も二倍になるでしょうに」

「…………っ」

エレクテウス以外の人にふれられるのが、いやなのだ。でも口には出せない。

これから国王の好きにされるというのに、そんな理由は通用しないだろう。

「は、恥ずかしいから……。いや……です」

目を伏せて言うと、エレクテウスはさらりと無慈悲《むじひ》な答えを返してきた。

「ではちょうどいい。手伝っていただこう」

「エレクテウス……ッ」

「羞恥《しゅうち》は感度を高める。これも勤めのうちだ」

「や、やだって、ばっ……、あぁぁ……っ」

反論を、エレクテウスは花芯《かしん》に指を当てて嬲《なぶ》ることで封じる。そのやり方にミュリエッタは胸が痛むのを感じた。先ほどと同じだ。彼の都合の前にこちらの心が置き去りにされている。

それが指南というものだと言われてしまえばそれまでだが、他でもないエレクテウスにそういうことをされているというのが、なんというか……つらい。

青い瞳にじわりとにじんだ涙を、セレクティオンが指でぬぐってきた。

「そんな顔をしないでください。さわるだけです。他には何もしません」

そしてちらりとくちびるの端を持ち上げる。

「……が、私もそれなりの技巧はあるつもりです。もしかしたら、ふれるだけであなたを天にも昇るような気にさせてしまうかもしれませんね」

それはミュリエッタに、というよりも後ろにいるエレクテウスに向けられたもののような気がした。

エレクテウスは黙ってふたたびミュリエッタのうなじに吸いついてくる。くちびるで柔らかく刺激し、歯《は》で甘く食みながら、熱くぬめる舌で執拗《しつよう》に舐めてきた。

「あぁぁあっ、……‼」

突然の淫《みだ》らな口づけに、ミュリエッタは甲高《かんだか》くあえいで背をのけぞらせる。その突き出された胸に、セレクティオンが手をのばしてきた。

長々と続けられた指南のせいで、すでにぴんと硬く尖っている先端を、指でつまんでくにくにと転がす。

「あっ！　あぁっ、ダメ……ッ、それ、やっちゃ……あぁぁっ」

「先ほどから、いじりたくてたまらなかったんです。こんなに真っ赤に硬くなって、いじめてと言わんばかりに勃《た》ち上がっているのに、エレクテウス殿はほとんどさわらないのですから。まったくもったいない」

そう言いながら、彼は凝《しこ》りきったミュリエッタの乳首をつまんで転がし、先端のくぼみを爪でひっかく。

「あぁっ、んっ！　や、痛っ……」

「痛いだけじゃないでしょう。気持ちいいでしょう？」

「いあ、ああ、ぁんんん……っ」

彼の言うとおり、チリ、という痛みは甘い疼《うず》きとなって響き、乳首をもっと尖らせていく。

「あとは、こう」

言いながら、彼はつまんだ突起をきゅぅっと引っ張った。

「ひぁぁぁ、ぁ……ンっ」

痛みに眉《まゆ》を寄せながらも、同時に訪れる愉悦《ゆえつ》に背筋が反り返る。ぞくぞくと感じ入っている様を得意げに眺め、セレクティオンは「ふふふ」と笑って見せた。

「どうです、エレクテウス殿。あと少しで気をやりそうですよ。そのようにじわじわとした責めでは、効果を上げるのに時間がかかる。こうやって胸のひとつもいじる方が手っ取り早いでしょうに」

挑発的な物言いに、エレクテウスはややあきれたような、辟易《へきえき》した声音《こわね》で返す。

「それは素人《しろうと》考えというものですよ。まったく……。あなたのおかげで段取りがメチャクチャだ」

その口調には余裕が感じられたが、彼はふいにミュリエッタの淫核《いんかく》に指をのばすや、そこをつま弾いた。

「ふぁっ、いっ、今やめてっ……あぁぁっ」

高々と発してしまったミュリエッタの嬌声《きょうせい》に隠れるように、その時、耳の後ろで獰猛《どうもう》な声が響く。

「彼の指で達したら怒るぞ」

「…………!?」

はっと青い瞳を見開いたミュリエッタは、一瞬、空耳かと思った。しかし。

「あっ、いあぁぁぁぁっ、んんぅ……！」

乳首で感じさせられたことの罰だとでもいうように、ぐりぐりと強く淫核をいじられ、悲鳴を上げる。

それはミュリエッタを官能の頂点に押し上げるのに充分な刺激だったが、それ以上に。

「果てるなら私の指で」

耳朶《じだ》に注ぎ込まれた囁《ささや》きに、ミュリエッタはびくん、びくん、と激しく身体《からだ》をふるわせた。

「ひ、あぁぁあぁ……っ！」

ぱたぱたと蜜をこぼして蜜口がふるえる。そしてその蜜に濡れた大腿《ふともも》が痙攣《けいれん》する。

強烈な感覚に酔いしれていたミュリエッタを、エレクテウスはようやく一度解放した。しかしぐったりと横たわろうとすると、それを許さずうつ伏せにしてくる。

腰を高く上げた姿勢に、朦朧《もうろう》とした頭が恥ずかしくていやだと感じる。その直後。

「今日は新しい体勢を教えてやろう」

そう言うや、彼は突然後ろから覆《おお》いかぶさるようにして貫いてきた。

「いあぁあっ、あぁぁ、……！」

達したばかりの身体は、そんな乱暴な挿入すら受け入れてしまう。いきり立った物が埋め込まれてくると、隘路《あいろ》はあふれた蜜をこぼして奥までそれを呑《の》み込んだ。

「はぁぁん……！」

ずぶずぶと押し込まれてくる屹立《きつりつ》は、いつもの余裕をかなぐり捨てて、奥へ奥へとがつがつ何度も穿《うが》つ。

「やぁぁあっ！　そ、んなにしちゃ、ダメぇぇ……っっ」

こんなに激しいやり方は初めてだ。それでも奥の敏感な箇所《かしょ》をねらって、ずん、ずん、と何度も激しく突きあげられると、腰は痺《しび》れて蕩《とろ》けてしまう。

いつもならじわじわと育つ愉悦が、今は急激に膨《ふく》れ上がり、我慢できないほどに身体の奥が熱く疼いた。

「やぁぁ、……あぁあぁあっ……、あぁっ、ひぁん！」

焼けつくような官能の渦《うず》が、やがて決壊する。ミュリエッタはまたしても何も考えられなくなるほどの快楽に、思考が真っ白になった。

「ふ、あぁぁぁあぁ！　……あぁんっ、……やぁぁ……っ」

蜜壁がびゅくびゅくと激しく蠢《うごめ》き、中の雄《おす》を締めつける。立て続けの絶頂に、余韻《よいん》にたゆたっている間にも、肌がぴくぴくとふるえた。

息もたえだえになってミュリエッタは脱力する。というのに。

「あと一度果てたら休憩にしよう」

「や……、も……無理……」

「しかし私はまだこの状態だから」

無情な声が、ミュリエッタを征服している屹立をずん、と動かした。とたん、ぞわぞわと甘い疼きが腰を走り、ミュリエッタは四つん這いの背中をしならせる。

「ふぁぁっ……」

「ほら、おまえのここだって、まだまだ悦《よろこ》んでる」

後ろから手がまわされ、花芯をくちゅくちゅといじられると、蜜口がひくひくと蠢《うごめ》いた。

「んっ、んんっ……、ダメ、いじっちゃ……！」

きつきつに広げられている媚壁《びへき》も、別の生き物のように蠢動《しゅんどう》して雄芯《ゆうしん》にからみついている。

それが、自分でも嫌というほど分かり、ミュリエッタは羞恥《しゅうち》でいたたまれなかった。

「もっと尻を高く上げて、足を大きく開きなさい。おまえのもっともいやらしい部分が私にしっかり見えるように」

「う、あっ……」

「昨日言っただろう？　男を誘い、煽《あお》るのも聖婚の際の重要な手管《てくだ》だ」

事務的に言い、彼はミュリエッタの秘部に自身を埋め込んだまま、大腿に手をかけて足を大きく開かせる。そしてあらわになった秘裂《ひれつ》に指を這わせてきた。

「あぁあぁっ、待って……もう少し、……ふぁあっ」

指が割れ目をなで上げ、秘芽をとらえる。輪郭《りんかく》をたどるように、くるりと周りをくすぐられ、ミュリエッタはしならせた背中と、大きく開いた大腿とをぴくぴくとふるわせる。

「んんんっ、……だめ、だったら……っ、いじっちゃ……やぁぁん！」

「蜜が祭壇《さいだん》までしたたっている。これはいい眺めだ」

「や…っ、やだ…言わない、で…ぇ…っ」

彼の指は秘芽をつまんでくにくにと揉《も》み上げ、その後、ぐりっと押し込んできた。強い刺激に、中に収められたままの彼の雄を媚壁がきゅうきゅうと締めつける。と、彼がそれをずん、と動かしたためミュリエッタはまたしても軽く達しかけた。

「ふ、ぅあぁぁぁ……！」

愉悦のさざ波をこらえて身体をふるわせていると、すっかり存在を忘れていたセレクティオンの声が傍《かたわ》らで響く。

「先ほどから不思議に思っていたのですが……」

取り残されていた彼は、つながったままの二人に向けてのんびりと口を開く。

「エレクテウス殿はなぜ背後からばかり彼女にふれているのですか？」

そういえば、とぼんやりとした思考の端でミュリエッタも思った。

今日、彼はずっとミュリエッタの背後にいた。何か理由でもあるのだろうか？

なにげない風の問いかけに、エレクテウスは淡々と応じる。

「どのように教育しているか、彼女の様子をあなたに見せるためにやっているからです」

「へぇ、そうですか。私はまた、ご自分が客を意識してふるまうあまり、彼女が怯《おび》えたり嫌がったりする顔を見たくないのかとばかり……」

おもしろがるように……、あるいはためすように言い、彼はちら、と茶色の瞳をエレクテウスに向けてきた。

「そして二人でという私の求めに応じたのは、自分が彼女を独占してはいないことの意思表示をするためかと」

「……それは考えすぎです」

「そうですか。何事も疑ってかかってしまう。私の悪い癖《くせ》です」

ふふ、と口元をほころばせる相手の眼差《まなざ》しは、相変わらずひやりとした光をはらんで、つかみ所がない。

一体このやり取りは何なのだろう？

そんな疑問を感じたとたん、背後のエレクテウスが腰を揺らし始める。

「あっ、……はぁっ……」

いまだ大きいままの切っ先に、ずくずくと奥を突かれているうち、ミュリエッタの思考は散じていった。

こんなに短い間に何度も達するのはつらい……。そんな考えとは裏腹に、快楽を覚えた身体は、自分でも顔が赤くなるほどどんどん欲に彼の雄を求め、蜜をしたたらせて奥へ奥へと呑《の》み込んでいく。

初々《ういうい》しい身体の弱点を知り尽くした雄は、蜜洞《みつどう》の中をさんざん味わい、声がかれるまでミュリエッタを啼《な》かせる。

そして、またしてもミュリエッタを意識が飛んでしまうほどの絶頂に追いやるまで、そう時間はかからなかった。

4章

成人の儀を受けてから三週間。

その日、前廊《プロナオス》の方が少々騒がしくなった。

舞の稽古《けいこ》のために柱廊を移動していたミュリエッタは、居合わせた巫女《みこ》達から神殿の近くで乱闘があり、その怪我人《けがにん》が神殿に運び込まれてきたらしいという話を小耳にはさむ。

「兵士と、どこかの男達が数名、剣を抜いて斬《き》り合ったんですって」

「目撃した人の話では、神官も巻き込まれていたとか」

「国王軍がいない時期だというのに物騒な話ね」

巫女達は顔をしかめて首をふった。

たしかに物騒な話だったが、その懸念《けねん》が神殿の中にまで及ぶことはないだろう。ミュリエッタは楽観的に考えてその場を離れる。

稽古場に行くと、すでに何名かが練習を始めていた。ミュリエッタもその中に潜り込む。

と、練習をしていたはずの年かさの巫女が数名声をかけてきた。彼女達は、踊りながらからかい半分でミュリエッタの周囲にまとわりつく。

「夜のお稽古の方は順調なの？」

「聞くまでもないわよ。この子の舞を見ればわかるわ」

「この三週間でまぁ、色っぽくなったこと。前は元気だけが取り柄だったのに」

「あぁうらやましい。もしわたしがエレクテウスさまとお稽古できたら、この腰の動きで虜《とりこ》にしてみせるのに！」

朗《ほが》らかに言って、一人の巫女がなまめかしく腰を回してみせる。

また別の一人は、ミュリエッタの尻をぺしりとたたいてきた。

「わ……っ」

「そら、腰を振りなさい、ミュリエッタ。もっと――もっとよ」

「その細腰《もよお》じゃまだ無理ね。もっと肉をつけないと」

特別な催しが迫っていないせいか、指導役の巫女達もあきれ顔で見守っているだけ。あけすけな彼女達にさんざんからかわれているうちに、稽古の時間は過ぎてしまった。もはや何の稽古なのだかわからない。

「まったくもう、夜の稽古ってなによ……！」

すっかり遊ばれてしまったミュリエッタが、顔を赤くしてふてくされながら廊下《ろうか》に出たところ――そこに、内房《カタゴギオン》の方からやってくる見慣れた姿が目に入った。

「エレクテウス！」

ここでこんなふうに会うのはめずらしい。昼間に内房《カタゴギオン》で用事でもあったのだろうか？　首をかしげていると、ミュリエッタの声を聞きつけたらしい巫女達が、ぞろぞろと廊下に出てきた。

「まぁぁ、エレクテウスさま！　ちょうどいま噂《うわさ》をしていたところですのよ」

「ミュリエッタを大急ぎで立派な聖娼に仕立て上げるだなんて、無理難題だと思っていましたけれど」

「ずいぶん効果が出ているよう。さすがはエレクテウスさまですわ！」

「ミュリエッタが手を離れたら、わたしも是非《ぜひ》お願いしたいものですわ。わたし、いまいち房《ぼう》術《じゅつ》に自信がなくて……」

「あらあなた、さっき腰の動きに自信があるって言ってなかった？」

かしましい巫女達に囲まれ、エレクテウスは足を止められてしまっている。美しく自信に満ちた年長の巫女達が、熱をこめた眼差しで彼を見上げるのを、ミュリエッタは胸がざわざわする思いで見守った。

しかしそのうち、かすかな違和感に思い至る。

（なんだろう……？）

少々冷たい静かな面差《おもざ》しはいつも通り。……けれどなんだか、いつもの覇気《はき》がないように見える。何か変だ。

（疲れてる……？）

顔色も優れない……ような気がする。

ミュリエッタは巫女達の輪の外で、ぴょんぴょんと飛び上がりながら声を張り上げた。

「みんな！　エレクテウスは仕事中なんだから！　放してあげて！」

と、巫女達が顔を見合わせて、いっせいに噴き出す。

「あらあら、子鹿ちゃんが怒ってるわ。嫉妬《しっと》かしら？　やぁねぇ」

からかい混じりの声に頰《ほお》をふくらませた時、エレクテウスが静かに口を開いた。

「いえ、できれば皆さんの力をお借りしたい。今、前廊《プロナオス》で怪我人を数名保護しているのですが、色々と物が入り用なので応援を呼びに来たのです」

その言葉に、巫女達はふざけ顔を改める。

「いやだわ、そういうことは早く言ってくださらなくちゃ」

「何が必要なの？」

「布、水、湯、――それから彼らを収容するために内房《カタゴギオン》の部屋をいくつか使いたいので、その準備もお願いします」

てきぱきとした指示に、巫女達はそれぞれ役割を分担して散っていった。

「ミュリエッタ、おまえも手伝いを」

「うん」

うなずいて踵《きびす》をかえそうとしたとき、ミュリエッタはエレクテウスが左腕をかばうような動きをしたことに気がついた。それと、今まで感じていた違和感とが、ふいに結びつく。

「怪我したの？」

突然のミュリエッタの問いに、彼は驚いたように紫の目を見開いた。

「なにを……」

わずかにうろたえた、その様子に確信した。

「怪我をしたのね、エレクテウス。早く手当てしないと」

「怪我なんか――」

「してないって言い張るならイリュシアさまに言う。そうすればあの方は、ご自分で直接確かめにいらっしゃるよ？」

その名を聞いて、彼はようやく観念したように首をふった。

「誰にも言うな。イリュシア姫には、特に」

心配をかけたくないのだろう。気づかう様子に、脅迫《きょうはく》めいた言葉で問いつめたことを少しだけ後悔した。けれどイリュシアの知らない秘密を彼と共有する……そのことを、ほんのわずかうれしく思う気持ちも、確かにあった。

騒ぎを受けてか、せわしなく人が行き来している中でミュリエッタがエレクテウスの部屋へ入ることもできず、結局二人で内房《カタゴギオン》の中の目立たない部屋に向かった。

彼の左の前腕には、ミュリエッタの手の平よりも大きな、ひどい打撲《だぼく》の痕があった。青黒く変色して腫《は》れ上がった上、裂傷《れっしょう》まである。剣による切り傷のようには目立たないものの、出血もあった。

重い口を割らせたところ、割れた盾をたたきつけられたのだという。それが最初は頭を狙って振り下ろされたものだったと聞き、ミュリエッタは顔色を失った。

「例の乱闘に巻き込まれたの？　さっき神殿の近くで起きたっていう……」

「おまえには関係ない」

彼はなぜか、怪我をしたことを誰にも知られたくなかったようだ。隠し通せなかった苛立《いらだ》ちからか、先ほどからひどく機嫌が悪かった。

しかしこちらだって、このまま引き下がるわけにはいかない。

「私は心配をしちゃいけないの？　私が同じ怪我をしたらエレクテウスはどう思う？」

懸命に訴えても反応は変わらなかった。

「お前が事情を知ったところで何にもならない」

「…………」

にべもない言葉に、手当てを終えたミュリエッタは無言で立ち上がり、その場で踵を返す。部屋を出て行こうとしたその手首を、エレクテウスが怪我をしていない右手でつかんできた。

「どこへ？」

「保護された他の怪我人のところに行って、話を聞く」

むっつりと応じたミュリエッタは、次の瞬間、背後から強い力で引っ張られた。

「ひゃ……！」

ミュリエッタを引き戻した彼は、身体《からだ》を入れ替えるようにして寝台に組み敷いてくる。見下ろすその顔は、今まで見たことがないほど恐ろしいものだった。

「そんなことはさせない」

地を這《は》うような声音《こわね》におののき、ミュリエッタは青い瞳を、これ以上ないというほど見開く。

（どうして……？）

詮索《せんさく》したくて言っているわけではない。ただ、胸がつぶれそうなほど不安なのだ。

彼の頭に割れた盾がたたきつけられていたかもしれないと考えると、身体中が凍えてしまいそうなほどの恐怖に襲われる。

なのに、心配でたまらないと、いくら訴えても顧《かえり》みられず、怒りを向けられるだなんて。

寝台に押さえつけられたまま、ミュリエッタはくちびるをふるわせた。

「……エレクテウスがいなくなったらわたし、どうやって生きていけばいいの……？」

口にしたとたん、そんな未来を想像してしまい、瞳から涙がぽろぽろとこぼれ出す。

「エレクテウスが思っている通り……わたしは頼りないよ？　世間知らずだし、力になれないかもしれない。でも不安なの。自分の知らないところで、エレクテウスが大変なことになっているかもなんて、考えるだけで恐い……」

手でぬぐうことができないため、次から次へとあふれる涙はそのまま頬を伝って落ちた。手を押さえつけていた力が、ふいにゆるむ。

そしてゆっくりと外された。

「ミュリエッタ……」

「いちばん近くにいたいなんて言わない。……でも、イリュシアさまや神殿長さまの次くらいには、側にいたい……」

とたん、こちらを見下ろす彼の表情が、打って変わって頼りないものになる。そしてややあって、迷いを見せながらも口づけるように近づいてきた。しかしそれは、ふれる寸前でそらされる。

彼は何かをこらえるように、ミュリエッタの肩口に顔を伏せた。

「……私は、おまえを失うことなど考えたくもない」

「え？　――んぅ……っ」

突然くちびるを深く重ねられ、言葉を封じられてしまった。

「やっ、ちゃんと説明――んんっ……」

わずかな息継ぎの合間に言葉をはさんではみたものの、それも彼のくちびるによって、すぐに吸い取られてしまう。

うやむやにしようとしている。そう悟るが、口腔《こうこう》内をたどり、巧みに官能を引き出していく舌の動きに、次第に抵抗する力が失われていった。まるで考える余裕など与えないとでもいうように、彼は濃厚な口づけをくり返す。

言葉だけではない。こちらの気持ちまで封じようとするそのやり方に、いったん引っ込みかけた涙がまたあふれ出した。

ほしいのは、気持ちよくすべてを忘れさせるための口づけなどではない。いま切実に求めているのは、ミュリエッタの心配に対する彼の気持ちであり、言葉だ。

(なんでいつもこうなの……?)

身体ばかり触れあって、心の距離は縮まらないまま。人のうらやむ快楽を与えられても、本当に望むものは決して得られない。

それがエレクテウスのやり方だ。悲しくて、くやしくて、涙が止まらない……。

と、それに気づいたらしく、彼はようやく作為的な口づけをやめて身を離した。そして静かに外衣《ヒマティオン》の端でミュリエッタの頬を伝う雫《しずく》をぬぐったものの、それが一向に止まらないことにやがて仄《ほの》かな焦りを見せる。

「ミュリエッタ……？」

今ごろ分かっても遅い。自分は傷ついたのだから。

「エレクテウスのバカ……！」

恥も何も捨て、声を上げて本格的に泣き出すと、彼は思わずといったていでミュリエッタを抱きしめてきた。

「ミュリエッタ……」

困った。……そんな思いの伝わってくる声、そしてしぐさ。その証拠に、頬に押しつけられた彼の胸の鼓動もまた乱れている。

それは子供の頃、一緒に暮らしていたときの反応と変わらず、ミュリエッタはそのことに不覚にもホッと息をついた。

ミュリエッタが泣くと、昔と同じように彼は困るのだ。

ただぎゅぅっと抱きしめて、安心させるように何度も背中をなでる。泣き声が途切れ、しゃくり上げるだけになると、そのまま泣きやんでくれと願うかのように、こめかみにキスをする……。

麝香草《タイム》の香り、肌の温もり、広い胸。大好きなものに包まれて、ミュリエッタが落ち着いてくると、エレクテウスは言葉を選びながら慎重に話し始めた。

「……ある人達と話をして、味方につけなければならない事情があったんだ。だがそれを快《こころよ》く思わない者もいて、我々に脅しをかけてきた」

声は、頬をつけている胸から直接響いてくる。肌に触れる振動に、ミュリエッタの頭も痺《しび》れてしまいそうだった。

「これからはもっと気をつける。もう決して……二度とこんなことは起こさないと誓う。……だからもう、お前が心配する必要はない」

「そんなことといっても……」

だから心配しないなんて無理だ。しかしエレクテウスも、これ以上は本当に何も話すつもりがなさそうだった。

「金輪際《こんりんざい》、今日みたいなことは起きないと言ってるんだ。……私の言葉が信じられないのか？」

逆に訊き返され、ミュリエッタは頬をふくらませる。

「……そんな言い方はずるい……」

すると彼は抱擁《ほうよう》をとき、なだめるようにくちびるへ軽くキスを落としてきた。

そのやさしい感触に、ミュリエッタは気づけば自分からもキスを返していた。雛鳥《ひなどり》が親へねだるように、もっともっとと、せがむように。

「ふ……う……、ん……っ」

上あごを舐《な》められ、舌を絡められ、吸い上げられた。ちゅくちゅくと求め合う心地よさに流されそうになったとき、ミュリエッタははた、と我に返る。そして力の入らない手で、なんとかエレクテウスの身体を押しのけようとした。

「今度はなんだ」

「指南は仕方ないけど……、それ以外の時は、したくない」

「したくない？」

はっきりとした拒絶が意外だったようだ。怪訝《けげん》そうに眉《まゆ》を寄せる彼に、うなずいた。

「わたし、すごくいやな子なの。イリュシアさまが大切なのに……、お世話になってるのに、最近、気がつくとエレクテウスのこと、エレクテウスのこと――」

ちらりと相手をうかがいながら、大まじめに訴える。

「エレクテウスのこと、よこしまな目で見てるの……」

「……よこしま？」

「イリュシアさまを裏切るつもりなんかないの。絶対そんなことしない。……そう思ってるのに、心が言うことをきかない。自分の気持ちなのに、思い通りにならないの……！」

「よこしまってどんな目だ？」

沈痛な胸の内を告白したというのに、彼は混ぜ返すように問い返してきた。

「頭の中で、おまえは私に何をさせているんだ？」

「いや……」と横を向くと、そのせいでさらされた首筋に、鎖骨《さこつ》に、肩口に……彼は雨のようにくちびるを降らせてくる。

「言いなさい、ミュリエッタ」

「やだ……、お勤めじゃないのに、こんなの……っ」

「勤めだよ。これは立派な指南だ。……今夜は満月。夜には教えられないからな」

ミュリエッタははっと気がついた。そうか。今日は聖巫女が聖婚を交わす日だ。

「じゃあ、今夜は……んっ」

イリュシアさまのところに行くのね。

その言葉が出る前にくちびるをふさがれた。といっても先ほどのように深いものではない。ただ軽く重ねるだけの、やさしい口づけである。

ミュリエッタのくちびるのやわらかさを味わうとでもいうように、彼のくちびるが何度もこすりつけられる。そして時折ちろりと舌で舐められた。

「……ふ……ぅ……」

やわらかな感覚はあたたかく、やさしく、胸をふるわせる。もっと、とミュリエッタがせがむそぶりを見せると、彼は誘うように身を離した。

「先ほどの質問の答えがまだだ、ミュリエッタ。私はおまえの想像の中で、どんなよこしまなことをしているんだ?」

紫の瞳が興味を宿してのぞきこんでくる。ミュリエッタはカァッと顔が熱くなるのを感じた。

「どんなって……………さわったりとか」

「どこを？」

「…………………」

いつも彼がしてくることを思い返すだけだ。答えは分かっているだろうに、彼はミュリエッタに向けて自分の右手を差し出してくる。

「口で言えないなら、他の方法を考えなさい」

「…………………」

指南。これも指南なのだ。ならば問われたことに答えなければ。…………黙っていたところで、きっと訊き出されてしまうにちがいないから。

三週間の手ほどきを思い起こし、ミュリエッタは観念して、彼が腰を下ろす寝台の上で膝立ちになった。そして羞恥《しゅうち》を押し殺して差し出された手を取る。

ためらった末、ミュリエッタはその手を自分の脚の付け根へと持っていった。

「ここか？」

とたん、指が動いて秘裂《ひれつ》をくすぐってくる。

「ひ、ぁん……！」

衣の上からとはいえ、突然の刺激にミュリエッタはびくりと身体《からだ》をすくませた。こらえるように身を丸めた結果、彼の手を秘処《ひしょ》に押しつける形となり、余計いじられるはめになる。

「あぁ、……んっ、んっ、……や、も、あぁン……！」

細い腰が早くも淫《みだ》らに揺れた。エレクテウスはしばらくそれを満足そうに眺めていたが、やがて自分の手を引き戻し、寝台の横に据えられている卓へとのばす。

そこにはミュリエッタが持ち込んだ薬や布にまざって、宿泊者のために常備されている鏡や櫛《くし》など日常使いのものが並んでいた。彼はその中から取手のついた小さな香油壺《レキュトス》を取る。

「ミュリエッタ、肩のピンを外しなさい」

「……………………っ」

言うまでもなく、それは上だけ裸になれということだ。

（いま、ここで……？）

ちら、と目線だけであたりを見まわし、顔が熱くなる。

夜の至聖処《ナオス》では自分で服を脱ぐことにも慣れてきたが、こんなふうにまだ日の高いうちに明るい中でするのはまだ抵抗がある。しかし。

「ミュリエッタ？」

重ねてうながされ、渋々うなずいた。

「……はい……」

（指南、指南………）

胸の中でそうつぶやき、指示に従う。帯のところまではらりと白絹の衣がすべり落ちると、オレンジの果実ほどのふくらみが、彼の目にさらされた。

セレクティオンにささやかと言われたことを思い出し、頬《ほお》に朱が散る。しかしエレクテウスはそれをじっと見つめた。

「まだ色が淡くてやわらかい先端を、今すぐにでもいじってやりたいところだが……、それでは今日の勉強にならないな。――ミュリエッタ、手を出しなさい」

そう言われて両手を差し出すと、彼は香油壺《レキュトス》を傾けてそこに中身をひと筋かけた。メレアポリスの人々に人気の高いバラの香油を、オリーブオイルで薄めたものだ。

あたりにふわりと華やかな匂《にお》いが広がる。

「な、なに……？」

「それで、自分でいじってみなさい」

「え……？」

香油壺《レキュトス》を卓に戻しながら、彼は言った。

「いつも私がふれるように、自分で揉《も》むんだ。…………さぁ」

（ええっ…………？）

ミュリエッタは油でてらてらと光っている自分の手を見下ろした。エレクテウスに目をやると、うながすように軽く顎《あご》をしゃくられる。

「…………………」

（どういうことなんだろう？）

そう思いながらも、おずおずと……………ためしに自分で両胸をつかんでみると、ぬるん、とすべる感触があった。

「わ………」

手のひらから逃げた柔肉《やわにく》がふるふると弾む光景に、どう反応していいのか戸惑ってしまう。自分で揉むのは変な感じだ。特に気持ちがいいわけでもない。

途方に暮れていると、彼が苦笑した。

「もっと雰囲気《ふんいき》を出しなさい。自分が気持ちよくなるよりも、男の目を愉《たの》しませるためにやるんだ。もしどうしても気分が出せなかったら、相手にどこか別のところをさわってもらうといい。さっきみたいに」

「――――っ」

『さっき』を思い出し、ミュリエッタは息を詰める。

（いきなり難易度が高い……！）

衝撃におろおろと視線をさまよわせるが、エレクテウスはのんびりと待つかまえである。

（………こういうときに、抵抗するだけムダなのよね……）

ミュリエッタは意を決して彼の手を取り、自分の下肢《かし》まで持っていった。とはいえ彼の目を見ることができず、ついと目線をそらして言う。

「さ、さわって…………？」

か細い声がおかしかったのか、彼はくすりと笑った。

「首まで真っ赤だ。…………わかりやすい」

「だって――ふぁっ、……あ！」

言い返す隙《すき》を与えずに、彼の手は内衣《キトン》の裾《すそ》から潜り込み、慣れた手つきで直接秘裂にふれてくる。

「あっ、……ふぅ、ぁぁ……っ」

「手を休めるな。私に見せつけるように、誘うようにやってみなさい」

「う、うぅ……ン！」

言われたとおり、油でぬめった手でふたたび胸のふくらみをつかむ。揉みしだいてくるエレクテウスの手つきを思い出し、それをたどるように捏《こ》ねていると、やがて先端が尖り始めた。

「ふ、あ……ぁぁっ」

凝《こ》り出した突起をぬるぬるとした手でいじると、よくやくジン……と疼《うず》き始める。その間にも、彼の手は無遠慮《ぶえんりょ》に秘裂を嬲《なぶ》っていた。

最初割れ目をくすぐる程度だった指は、次第にあふれ出した蜜のすべりを借りて、中に入り込もうとするそぶりを見せる。しかし蜜口がひくついて迎えようとしたとたん、すっと逃げてしまった。そして代わりとでもいうように、淫核《いんかく》をつつき、つまむ。

「ふ、あっ……、あぁぁ……っ」

ミュリエッタは彼の指の動きを感じながら、ぬるついた手で自分の乳首をつまんで転がした。と、淫核をいじっていた彼の指も同じ動きを見せた。

「あぁ、や……ン、いっしょだと……、気持ちいい……、ふぁぁっ、ダメ……ッ!」

ミュリエッタがくにくにと乳首をいじるごとに、下肢では彼の指が、ぬるぬるした蜜にまみれた淫核をぐにぐにとつまんで転がす。

強い刺激にビクンッと腰が跳ね、とろとろっと蜜がしたたり落ちる気配がした。

「あ、あ……、あぁぁっ」

身ぶるいしながら乳首をきゅっと引っ張ると、彼も淫核をしごいて引っ張る。敏感すぎる突起が同時に甘い痛みを発し、それはすぐに痺《しび》れに転化して背筋を駆け抜けた。

「はぁっ、……あぁぁぁっ、あぁ……!」

「その調子だ」

「あ、……やぁっ、エレクテウス……ッ」

ちゅくちゅくと秘裂をいじる相手に、せつなく訴える。達したい。

しかし彼は焦らすように首をふった。

「ダメだ。まだもうひとつ覚えることがある」

そう言うと、彼はミュリエッタの秘処から手を引いて、自分の内衣《キトン》を右肩だけ脱いだ。肩口から胸板にかけて肌をさらし、目線で示してくる。

「私のここに、それをこすりつけるんだ」

「え、む、胸……？」

「ほかに何がある？」

「なんで、……っ」

「香油をぬった胸をこすりつけるのは、寄進者からよく求められる奉仕だ。男の腕とか、胸とか、背中が多いかな」

それが何をもたらすのか分からないまま、ミュリエッタはひとまず言われた通りにした。

香油に濡れた胸を、エレクテウスの胸板にゆっくりと押しつけてみる。香油に濡れててらてらと光る乳房が、胸板にはさまれてたわむ……その光景からして卑猥《ひわい》だった。

「なんか……やだ……」

ブツブツ言いながらも、そっと動かしてみると。

「ひぁ……っ」

凝《しこ》りきって敏感になった乳首が、彼の胸板との間でぬるぬるとすべる。その感触は思いがけず甘美に響き、身をよじった。さらなる快感を追うように彼の首にしがみつき、もっともっとと押しつける。……と。

「あぁ、やわらかくて気持ちいいな」

耳元でそんな声が響いて、顔が火照《ほて》った。ミュリエッタの胸を、エレクテウスも悦《よ》いと感じてくれているのだ。

「そのまま、私の上に腰を下ろせるな?」

ふいに言われ、え? と動きを止める。そして自分達の今の体勢に気づいた。

エレクテウスが寝台に座り、ミュリエッタは彼の足をまたぐようにして寝台に膝立ちになり、胸をこすりつけている。ちょうど自分で挿入する前の体勢に近い。

彼の上に乗る体勢についていては、これまでに何度か教えられていた。ただ、自分で自分の中に彼を挿《い》れる羞恥《しゅうち》だけは、いまだに克服できない。

目元を染めて小さくうなずくと、彼は自分の飾り帯を解き、衣の合わせを開いた。布の巻かれた左腕は力なく下ろされている。しかしそれを差し引いても、なめらかな肌が………均整の取れたしなやかな身体《からだ》が光の中にあらわになり、ミュリエッタはそのまぶしさに胸を高鳴らせる。

「ではやって」

うながす言葉に、ミュリエッタは下を見ないよう手探りでエレクテウスの屹立《きつりつ》を探し当てた。それはすでに力強く勃《た》ち上がっている。そっとふれると手の中でビクビクと脈打った。

「ふ……っ」

切っ先を、蜜のしたたる蜜口に当て、そろそろと腰を下ろしていく。くちゅ、と先端がもぐりこんだ。

「んんっ……」

体重をかけて少しずつ押し込んでいくままに、ぐちゅ……とはしたない音をたてて蜜洞《みつどう》が拓かれていく。

こうして自分でゆっくりと収めていくと、彼の雄の形をいやがおうにも感じてしまう。張り出した部分、膨《ふく》らんで脈打つ側面、とあますところなく自分の媚壁《びへき》で締めつけ、中へ引き込もうとした。

「はぁっ……ふっ、――ん、……っ」

大方を受け入れたと……思った瞬間、ふいにエレクテウスがミュリエッタの花芯《かしん》をぐりぐりと指の腹で押しつぶした。

「ひっ、やぁぁっ！」

そのとたん、身体を支えていた足から力が抜けてしまい、ずぅんとエレクテウスの上に腰を下ろしてしまう。

「あぁ、あぁぁぁっ……！」

不意討《ふいう》ちで深く最奥《さいおう》を穿《うが》たれ、ミュリエッタは彼にしがみついて、びくんびくんと身体をふるわせた。下肢の奥が燃えるほど熱くなり、それは総毛立《そうけだ》つほどの痺れとなって背筋を駆け抜けていく。

とろとろと蜜《みつ》をこぼして悦《よろこ》ぶ秘裂《ひれつ》を指でそっとなでながら、エレクテウスは息をつく。

「おまえはどうしてそう、挿れるとすぐに果ててしまうかな……」

「だって、エレクテウスの、大きくて……、気持ちいい……っ」

「……いつの間に覚えたんだ、そんな言葉」

あきれたように言いながら、悪い気はしなかったようだ。彼は右腕をミュリエッタの背中にまわして肩を抱き、ずぅんと突きあげてくる。

「ふぁぁぁ……ぁんっ」

突きあげてくる動きに合わせて、肩を抱く手がミュリエッタの身体を押し下げてくる。結果として、ミュリエッタは彼の屹立を最も奥深いところまで呑み込むことになり、背筋をのけぞらせてその甘い衝撃に翻弄《ほんろう》された。

突きあげてくる動きに合わせて、感じるままに腰を揺らす。それもこの三週間で身につけたことだった。

素直に快楽を追うことは、相手を愉《たの》しませる上でも欠かせない。アシタロテの神官であるエレクテウスは、そう指導してきたのだから。

「ふ……っ、……くぅっ……、んんっ」

疼《うず》きに耐えてひくひくと腰をふるわせるミュリエッタを、彼が抱き寄せようとする。なんとなくその目的を察し、彼の胸板に、たわむほど強く自分の胸を押しつけた。

「んっ……、はぅ、ん……っ」

ぬるぬるとすべる乳首の感触が心地いい。耳元で響く艶《つや》めいたため息が、それに感じてくれている証《あかし》のように思え、ミュリエッタは一層熱心にふくらみを押しつける。

するとふいに、それが彼の胸の突起とこすれ合った。その瞬間、びりっと胸の先端が痺れる。

「きゃぅ……！」

びくびくと媚壁がうねり、エレクテウスが息を詰めた。

「この……跳ねっ返りめ」

甘くかすれた呼び声に、腰がぞわりとする。ずん、と勢いよく突きあげられた。

「ひぁん……ッ！」

高く啼《な》いたミュリエッタの腰を押さえ、エレクテウスはそのまま突然ごろりと横に転がる。気がつけばミュリエッタは、彼に寝台に組み敷かれる体勢だった。

「うぁ……あっ」

「いずれ……、色事においても言うことを聞かなくなりそうだな。おまえは」

しかたがない、とでも言うかのようにつぶやき、片腕でミュリエッタの脚を抱えて腰を打ちつけてくる。

「はっ……、あン……っ、はぁんっ」

「ミュリエッタ。感じているときにはどうするんだった？」

「ふぁっ……、き、……気持ち、いい……っ」

「そう。ちゃんと相手に伝えなくては」

「ふぁぁ……っ」

次第に抽挿《ちゆうそう》の動きが速くなってきた。二人の熱動が絡みあう。快感に突き動かされるまま淫《みだ》らにもだえ、あと少しで極まるというとき。

「気持ち、いいっ、……もっと、奥まで……してぇ……！」

腕をのばし、力いっぱいエレクテウスにしがみつくと、彼は一瞬だけふと動きを止めた。しかしすぐにまた、息も止まるような勢いで強く突いてくる。そして。

「あっ、あ、ぁぁあぁぁ……ンっっ」

「そんな声、聞かせてはダメだ。私以外に――」

絶頂に呑《の》まれて身体を痙攣《けいれん》させるミュリエッタに向け、エレクテウスが何かをささやいてきた。しかし頭の中が真っ白になってしまっている状態では、その意味を拾うことができない。

やがて、身体を突き抜けた喜悦《きえつ》の余韻《よいん》に、ミュリエッタはぐったりと横たわる。その頬《ほお》をエレクテウスが手の甲でなでた。

「赤い。……桃のようだ」

いつになく優しいふれ方に、荒く上下していた胸が疼く。

（そんなふうに……さわっちゃだめ……）

でないと、これ以上彼を好きにはならないと……、固く戒《いまし》めている想いが、決心が、揺らいでしまう。

「優しくしないで……」

青い瞳をうるませて懇願《こんがん》するミュリエッタに、彼は眉《まゆ》を寄せた。

「ひどくされたいのか？」

「うぅん」

首をふって言い添える。

「恋人にするみたいには、優しくしないで。私は……子供だから、勘ちがいしちゃうから……」

優しくされると、すぐに期待してしまう。

いつか自分を見てくれる日が来るのではないかと、一人で浮かれて、なかなかそうならないことに焦れてしまう。

勝手に期待して、失望して、そして裏切られたと感じてしまうかもしれない。エレクテウスにも、イリュシアにも、決してそんな気持ちを持ちたくないのに。

(これ以上好きになりたくない――)

だから優しくしないでほしい。

ミュリエッタは切実な気分で目を閉じる。ミュリエッタのことは、あくまで指導すべき巫女として扱い、指南に徹してほしい。よけいな気づかいはいらない。

今夜、彼はイリュシアのもとに行くのだから……。

＋＋＋　　　　　　　＋＋＋

外に出ると、あたりはもう夕方だった。昼間の騒動の痕跡はなくなり、内房《カタゴギオン》にはぼちぼち寄進者とおぼしき者達の姿が目につき始める。

部屋の外に出てすぐ、エレクテウスは自分の外衣《ヒマティオン》を脱いでミュリエッタの頭にかぶせてきた。

「……なに？」

「いいからかぶっていろ。おまえは目立つんだ」

「目立つって……」

エレクテウスの方がよっぽど目立つのに。そう思いつつ、顔を隠すようにしてかぶり物を口元でおさえる。

せっかく並んで歩くことができているのだ。ささいなことで雰囲気《ふんいき》を悪くしたくない。

「……そういえば、昔はよく二人で外を歩いたよね」

ぽつりと言うと、彼が肩ごしに振り向いた。先を行く背中に追いつこうと、足を早める。

「港とか、城壁近くの原っぱまで散歩に行ったの、覚えてない？　はぐれないように手をつないで歩いた」

「そんなこともあったな。おまえを先に行かせると、いつもなかなか帰れなくて……」

「だってエレクテウスに道を選ばせると、いっつも最短距離なんだもん！」

せっかく外に出たというのに、すぐに家に戻ってしまうからつまらなかった。よってミュリエッタが先に立って歩き、いつまでも散歩が終わらないよう、しぶしぶついてくるエレクテウスの手を引っ張ってうんと遠まわりをしたのだ。

当時のことを思い出し、少々くすぐったい気分になる。

「巫女になると、街に出るのにも許可が必要だったり、めんどくさいのよね」

「許可なら出してやる。いつでも」

「ほんと!? じゃあ、明日！」

口に出したのは思いつきだったが、その楽しそうな響きに、ミュリエッタは顔を輝かせた。

「エレクテウスもいっしょに行かない？　港に行って船を見て、市場でお菓子を食べて、原っぱに行って昼寝して、大通りでイリュシアさまにお土産《みやげ》を買って帰るの。どう？」

「私にはそんな暇はない」

「……だめ？　どうしても？」

「だめだ」

そっけなく返されて、ミュリエッタはくちびるをとがらせる。

「じゃあ……、いい」

いつになくエレクテウスの反応が穏やかだったために、少し調子に乗ってしまったようだ。しゅん、とミュリエッタは肩を落とした。そのままだまって歩いていると、しばらくして彼がぶっきらぼうに言い添えてくる。

「許可ならやると言っている。他の巫女と行けばいい」

「いいよ。それじゃ意味ないもの……」

とぼとぼと歩きながら、ミュリエッタが首をふると、エレクテウスはやや弁解するように続けた。

「私には会合や陳情《ちんじょう》の対応が重なっていて……」

「そうだよね。エレクテウスは忙しいから……しかたないよ」

「他にもやらなければならないことが……」

「だから、わかってるって。大丈夫」

「…………」

本当はさみしい。けれど聞き分けのない子供と思われたくない。

そんな思いでほほ笑んで見上げると、彼は虚を衝《つ》かれたようにまばたきをし、やがて渋い顔をした。

「……だから、港と市場と昼寝は無理だ」

「……え？」

「通りを少し歩くくらいなら、まぁ……。だがおまえは被り物をすること。それが条件だ。私といるところを、決して人に見られてはならない」

「…………」

思いがけず了承を受け、逆に耳を疑ってしまう。すたすたと先に歩いて行ってしまった背中を、しばし呆然《ぼうぜん》と眺めた。

しかし彼に前言をひるがえす様子はない。次の瞬間、走り出したミュリエッタは前を行くエレクテウスの右腕に飛びつく。

「……約束する‼」

応じたのは、大きなため息だった。またあきれさせたかと、あせって見上げると——彼は、苦笑いでこちらを見下ろしている。

それに満面の笑みで答えたミュリエッタの耳に。

その時、前廊《プロナオス》の方からぱたぱたと走ってきた神官の、無慈悲《むじひ》な声が突き刺さった。

「ご帰還です。——明日、国王陛下がご帰還されます！　手の空いている者は、急ぎ祭事の準備を！」

5章

遠征に出てひと月。目立った戦果をあげたわけでもないが、決定的な敗北をしたわけでもない——痛み分けのまま、お互いに引き上げる形での帰還だという。

それでも兵士達が戻ってくるということで、都はお祭りさわぎだった。市民は手に手にシダの葉を持ち、娘たちは両腕に花を抱え、喜びと共に軍列を迎えていることだろう。

しかしミュリエッタの心は晴れない。それどころか重く沈んでいる。いよいよ来るべき時がきた。その気持ちでいっぱいだった。

これまでエレクテウスが自分に閨房《けいぼう》での技法を教えてきたのは、この日、この時のため。ミュリエッタはこれから国王と聖婚の儀を交わすのだ。

その際、万がいち国王に気に入られたりすれば、専属の聖婚の乙女《おとめ》としてそのまま王宮に留まるよう申し渡されることもあるという。

(そんなことになったら、エレクテウスと会えなくなっちゃう……)

あまり気に入られないよう、なるべく退屈な娘としてふるまおうか。そう考えもしたが、もしエレクテウスによってよく教育されたという印象を王に与えることができなければ、その咎《とが》が彼に向かうこともありうる……。

自室の寝台に腰かけて、ミュリエッタは深くため息をついた。

国王帰還の先触れから一夜明けた今日、神殿長から命令を受けたのだ。身を清め、いつ呼ばれても応じられるよう仕度《したく》を調えて自室で待つようにと。沐浴《もくよく》をすませて部屋に戻った後は、一歩も部屋の外に出てはならないとも言われている。

ミュリエッタは、国王率《ひき》いる軍が都に到着し、市民の歓呼に迎え入れられているまさにその間、しきたりに従って神殿の中にある人工の泉で身を清め、それからは巫女《みこ》達に手伝ってもらいながら、特別に用意された格式張った衣裳と飾り物を身につけた。

そして世話をする巫女達が去ったいま、自室で一人、床をにらみつけている。

（いやだ……――いやだ……っ）

緊張のあまりお腹《なか》が痛くなってきた。以前、見知らぬ青年達に囲まれて、あやうく乱暴されそうになった時の記憶がよみがえり、痛みはさらに増していく。

あの時はこわかった。そしておぞましかった。ふれられることを、身体《からだ》だけではなく心が拒絶した。

（本当にできるの……？）

国王を相手にして、あの時と同じようにふるまわずにいられるだろうか？

（自信ない……）

神殿の立場を思えば、国王を拒《こば》むなど決してあってはならない。けれど胃がねじれるようなこの嫌悪感は、どうすれば抑えられるのだろう？

はぁぁ……と、鬱々《うつうつ》とした思いを吐き出すようにため息をつく。考えれば考えるほど、悪い方へしか頭が働かず、両手で頭を抱えた。

その時、外から扉が開けられる音が響き、ぎくりと肩をゆらす。いよいよ王宮から召し出しの使者が来たのだろうか。

目をつぶり、ふるえる手をにぎりしめたその耳に、やわらかな呼びかけが届いた。

「ミュリエッタ……？」

鈴のような声にふり向けば、そこに姿を見せたのはイリュシアである。彼女は従えていた巫女達を外で待たせ、一人で中に入ってきた。

「イリュシアさま……っ」

「顔色が悪いわ。大丈夫？」

気づかわしげに言いながら、彼女はミュリエッタの隣に腰かける。

「あのね……、いやだったら言って？　陛下のお相手をしたいという巫女は他にいるわ。もしどうしてもいやだったら、あなたは体調を崩したことにして、他の巫女に代わりを頼むこともできる。ひと月もたっているんですもの。陛下だって、それほど相手にこだわっていないかもしれないわ」

「イリュシアさま……」

真摯《しんし》にこちらを心配する眼差《まなざ》しに泣きそうになった。エレクテウスによる性技の指南が始まってから、何かというとイリュシアと自分とを比べてひがんでしまっていたことが恥ずかしい。

最初から張り合えるような人ではなかった。

そう思い知りながら、ミュリエッタは首をふった。

「大丈夫、です……」

「そう。ならいいのだけど……。決して無理はしないで」

重たい空気を払うように言い、彼女はそっと抱きしめてくる。

「ありがとうございます、もう平気です」

何度もうなずいてから、ミュリエッタはなんとか笑顔を浮かべた。そして部屋から出ようとしたイリュシアを戸口まで送る。

その時、遠くから緊張をはらんだ人の声がいくつか聞こえてきた。参拝に来ている一般の人々ではありえない、緊迫した雰囲気《ふんいき》である。

「なにかしら……？」

イリュシアが眉を寄せた。

部屋を出てはいけないと言われてはいるが、ミュリエッタも気になる。イリュシアとともに殿舎の入口まで行くと、そこに表から一人の巫女が駆けつけてきた。

「た、大変です、イリュシアさま！」

巫女はイリュシアに向けてうわずった声を張り上げる。

「エレクテウスさまが――エレクテウスさまを探して兵達が神殿になだれこんできて……！」

「え？」と目を見張るイリュシアの横で、ミュリエッタは勢いよく身を乗り出した。

「それでどうしたの⁉」

「わからないわ。兵は入口で制止する神官達を振り切って、内房《カタゴギオン》までなだれこんできたの。それでこの騒ぎに――」

「――……っ」

巫女の言葉が終わる前に、きびすを返して走り出す。

「ミュリエッタ、待って！」

イリュシアの声にも足は止まらなかった。

（エレクテウス――エレクテウス、どうして……⁉）

息せき切って内房《カタゴギオン》にたどり着く。するとちょうど彼が両脇を兵に固められ、引き立てられていくところだった。

「エレクテウス！」

大声で名前を呼んだのに、彼はこちらを一瞥《いちべつ》しただけで何の反応も示さない。まるでミュリエッタなど知らないとでもいうかのように、周囲を固める兵や、騒々しく追いすがる神官達とともに、そ知らぬ顔で目の前を通り過ぎていく。

「エレクテウス‼」

「ダメよ、ミュリエッタ！」

さらに追いかけようとしたミュリエッタを、なんとか追いついてきたらしいイリュシアが、後ろから呼び止めてきた。ふり向くと、彼女はだまって首をふる。

「落ち着いて。いまあなたが出て行ってはダメ」

言いふくめるように告げる、その様子にふと違和感を覚えた。

「……何かご存じなんですか？」

何気なく訊き返すと、彼女ははっと口をつぐむ。それを見てミュリエッタは取りすがった。

「教えてください、イリュシアさま！　エレクテウスはなぜあんなふうに連れていかれたんですか⁉」

必死の訴えを、イリュシアは視線を揺らし、迷うように見つめた。しかしややあってその艶《つや》やかなくちびるをふるわせる。

「彼は――」

はかない声の続きを真剣に待っていた、ちょうどその時。三名の兵がこちらにやってきた。

「聖巫女イリュシア姫ですな？」

「……そうですが、なにか」

一瞬前までミュリエッタに見せていた頼りない表情を一変させ、イリュシアは堂々と応じる。それに威圧されたかのように、兵達は少しひるんだ様子を見せた。

「国王陛下からのご命令です。いますぐご自身の殿舎へお戻りいただき、陛下のお言葉があるまでそこに留まっていただきたい」

「何の権限があって、王が神殿の内部のことに口を出されるのですか。ここは地上とは別の法で治められているというのに」

「神殿長殿の承認も得ております」

そこで兵士は、自らの正当性を示すかのように語調を強めた。

「あなたにはあの神官エレクテウスとともに、国王陛下の失脚を謀《はか》った謀反《むほん》の疑いがかけられているのです」


「ミュリエッタ？　ミュリエッタ、どこへ行くの？」

同輩の巫女達の不安そうな声が追いかけてくる。

兵が去ってから、てんやわんやの神官達を尻目に、神殿長の部屋に向かったが、そこには王宮から派遣されてきたという官吏《かんり》が入れ替わり立ち替わり訪れていて、とてもではないが一介《いっかい》の巫女に割く時間などなさそうだった。

よってミュリエッタは自分の判断で馬車を用意させた。

寝椅子《アンドロン》の上に屋根がつき、四方の支柱に日よけの飾り布がまとめられている、神殿用の立派な馬車である。それに乗り込む直前、ミュリエッタはついてきた他の巫女達をふり返った。

「王宮へ行ってくるわ。エレクテウスのことも、イリュシアさまの蟄居《ちっきょ》についても、わたしが王さまに直接訊いてくる」

「直接って……」

「平気。元々わたしは今日、王さまに会うために王宮へ行く予定だったんだから」

「でも……まだ召し出しもないのに」

「向こうからの使者を待ってここでじっとしているよりはましよ」

みんなが口ごもると、ミュリエッタは御者に声をかけ、手早く馬車の周囲を囲う飾り布を下ろした。カタカタと鳴る轍《わだち》の音とともに、馬車がゆっくりと動き出す。

（エレクテウス……イリュシアさま——……！）

椅子に腰を落ち着けたミュリエッタは、ひたすら二人の無事を祈った。

エレクテウスは乱暴に連れ去られてしまった。昼日中に、あんなふうに兵士に連れ去られるなど尋常《じんじょう》ではない。そしてイリュシアもまた、自室に軟禁《なんきん》されてしまった。入口には兵が見張りに立ち、世話役の巫女すら近づけない状態である。

聖巫女という高貴な立場にある人が、そんな扱いを受けるなど前代未聞だった。だとすれば、神官の処遇も推して知るべしだろう。

（エレクテウス……。ひどいことされてないよね……？）

兵士達は、彼のことをまるで罪人のように言っていた。今このときにも鞭《むち》や棍棒《こんぼう》で責められているのではないか……。そう考えると、不安に焦げそうな気分になる。

一体何が起きているのかわからない。しかしこれまでミュリエッタを守り、目をかけてくれた二人が大変な状況にあるのだ。いま動くのは自分の役目だろう。

事情を探り出し、解放に向けて必要な人々に働きかけなければならない。

（二人を助けるためなら、何でもする……！）

たとえそれが、一刻前まではいやでいやでたまらなかったことでも、二人のためと思えば堪《こら》えられる。腹痛もいつの間にか治まっていた。

（それでエレクテウスとイリュシアさまの疑いが晴れて、自由にすることができるなら……！）

王宮に着いたミュリエッタは、馬車に近づいてきた衛兵へ国王の聖婚の相手であることを告げた。するとしばらくして、国王の側近の青年セレクティオンが入口付近まで迎えに来る。

「いま取り込み中なのですが……お呼びしましたっけ？」

駆けつけたというていの彼は、怪訝《けげん》そうにこちらを見下ろしてきた。しかし決然としたミュリエッタの面持《おもも》ちを目にすると、それ以上は何も言わずに世話役の女官を呼びに行かせる。

「私は陛下へこのことをお伝えしに行きます」

そう言い置いてどこかへ行ってしまった彼と別れ、ミュリエッタは集められた女官達に囲まれて、国王の私的な宮殿へと連れて行かれた。向かう先はもちろん寝室である。

粛々《しゆくしゆく》と国王の寝室の入口にたどり着いたミュリエッタへ、あわただしくミュリエッタを迎えた年かさの女官がちくりと言った。

「まだ日も落ちていないと申しますのに、お気の早いこと」

王から声がかかるのを待ちきれず、自分から来てしまったと思われたらしい。的《まと》はずれないやみに、心の中で言い返した。

(冗談でしょ。来たくなんかなかったのに、こんなところ――こんな、……うわぁ……っ)

前室に入っただけで、ミュリエッタはあっけにとられてしまう。

壁と床は斑石《まだらいし》や孔雀石《くじやくせき》などの艶《つや》めく高価な石。そこに金で箔《はく》のほどこされた浮き彫りがなされ、あるいは銀糸や真珠《しんじゆ》で紋様の描かれた濃紺《のうこん》の壁飾りが吊られ、どこを向いても豪奢《ごうしや》という言葉しか出てこない。

贅《ぜい》を尽くした部屋は、続き間を通り、奥まった部屋へ移動する間にも、茉莉花《ジャスミン》のかぐわしい香りの絶えることがなく、竪琴《リラ》の楽士が数名、どこかで控えめな音曲を奏じていた。

最奥《さいおう》の部屋は広々として、真ん中に至聖処《ナオス》の祭壇《さいだん》よりも大きな黒檀《こくたん》の寝台が据えられている。

そこへ足を踏み入れたミュリエッタは、金と象牙《ぞうげ》をはめ込んだ椅子のひとつに腰を下ろした。イロノス王と会い、エレクテウスやイリュシアの身に起きた出来事について話を聞くまでは、決してここを動くものか。夜半まで何刻も捨て置かれることも覚悟の上だ。

そう腹を据えて待つ構えでいたところ——

ややあって使者が国王の来訪を告げ、その後本人がやってきた。予想よりもずっと早かったことに、ミュリエッタの方が驚いてしまったほどだ。

ずかずかと部屋に踏み入ってくる足音に、椅子から腰を上げて居住まいを正す。しきたりによると頭は下げなくてもよいはずだった。

入室してきたイロノス王をまっすぐに見上げると、相手ははっとしたように足を止め、こちらを見つめてくる。

食い入るようなその眼差《まなざ》しが欲望の熱を灯していく。薄物の上から身体《からだ》中をなぞるような視線に気づかないふりで、ミュリエッタは作り物のほほ笑みを浮かべた。

「ミュリエッタと申します。陛下」

「……そう、そなただ。ひと月前、俺の目を奪った。にもかかわらず眼前で取り上げられてしまった。あの時は口惜しかったぞ」

国王は野太く笑うと、ミュリエッタの目の前を横切り、無造作《むぞうさ》に寝台に腰を下ろす。

「さて……留守の間、あの神官にたっぷり仕込まれたんだろうな？　俺を愉《たの》しませるために」

「はい。陛下との聖婚をきちんと勤められるよう、指導を受けました。ですが……」

ミュリエッタは遠慮《えんりょ》がちにイロノスへ近づき、その足元にひざをついた。

「その方が本日、神殿にやってきた兵に突然連れ去られてしまいました」

「それがどうかしたのか?」

「はい。大変お世話になりましたから……安否が気になって仕方ありません」

ミュリエッタは胸の前で手を組み、こいねがうように相手を見上げた。

「わたくしにとっては恩ある方です。また神殿においては、神官からの人望厚い方でもあります……。なにゆえあのように捕らわれなければならなかったのでしょう? どうか理由をお聞かせ願えませんでしょうか」

真摯《しんし》な訴えに、国王はフン、と鼻で笑った。

「してはならぬことをしたからよ」

「してはならぬこと?」

「大きな罪だ」

「それは……わたくしがこれから、心をこめて陛下の聖婚のお相手を勤めたとしても、免じることがかなわないほどの罪ですか?」

ミュリエッタは相手をじぃっと見つめ、小首をかしげて訊ねてみた。

国王の顔にゆったりとした笑みが浮かぶ。欲望にかられた男の笑みだ。

「可憐《かれん》だ。なんとも健気《けなげ》ではないか……。咲き初《そ》めの花とはこのことか……」

つぶやきながら彼はミュリエッタの頬《ほお》に手を置いた。親指で頬を愛撫《あいぶ》する。ミュリエッタは、ふと感じる嫌悪をなんとかこらえた。

そんなこちらの反応に気づいたのか、彼は暗い笑みを見せる。

「俺にふれられるのはいやか？」

「いえ、そのようなことは……」

「隠さずともよい。そなた、エレクテウスの女だな？」

ふいの指摘にどきりとした。その反応にイロノスは目を細める。

「……そうか。よく考えれば奉納舞の時もおかしかった。いくら神殿の教義にふれるとはいえ、あいつがあんなふうにしゃしゃり出てくるのはめずらしい。いつもならあの場は見逃して、後で『女神をないがしろにすれば戦《いくさ》に負けるぞ』と陰で嫌みを言うくらいが関の山だというのに」

「……陛下はエレクテウスと親交がおありなのですか？」

なにやら一人で納得している様子に首を傾《かし》げると、相手はやおらミュリエッタの両肩をつかんで寝台に引きずり上げた。

「――!?」

突然の乱暴なふるまいに、反射的に抗《あらが》ってしまったところ、彼はずっしりと重量のある身体を重ねて押さえ込んでくる。そしてまったく身動きが取れなくなったミュリエッタを、ためつすがめつ眺めてきた。

「そうか。あいつに女がいたか。それはおもしろい」

舌なめずりをするように言い、国王は喜色満面《きしょくまんめん》「ハハハハッ」と声をたてて笑った。

「こんなに嬉しいことはない！　ちょくちょく神殿を探らせていたが、それらしい話がなかったからあきらめていた」

そして戯《たわむ》れのようにミュリエッタの耳を食《は》む。

「役に立ってもらうぞ、小娘」

その声には、押し殺しきれない愉悦《ゆえつ》がにじんでいた。

わけがわからない。そもそもエレクテウスの恋人はイリュシアである。神殿を探らせていたというのなら、そのくらい知っていてもよさそうなものを。

(何か勘ちがいしてるんだわ……。でも役に立つってなに？)

状況を把握《はあく》できないでいるうちにも、国王はミュリエッタの衣の飾りピンを外しにかかっていた。あっさり外れたそれを適当に放り出し、彼は薄布に手をかける。

その胸元を押さえて再度訊ねた。

「役に立つとは、どういう意味ですか？」

しかしイロノスは答えずに、こちらの手を払いのけると薄布を乱暴に剝《は》ぐ。裸の上半身がさらされ、ミュリエッタは息を詰めた。

「白い……目にまばゆいばかりだな。おまけにこの滑らかさ……。ふくらみは慎《つつ》ましやかだが……、まだ若い。これから私がじっくり育ててやろう」

乳房にふれようとする相手の下で、ミュリエッタは腕を交差させてそれを隠す。

「陛下、お答えを……っ」

「無論、あいつを徹底的に打ちのめすために使うのよ。目の前で犯してやろう。俺の次は兵士達だ。大事な女が自分でない男の慰《なぐさ》み者にされるのは、山より高いあいつの気位をたたき潰すのに、ちょうどいいだろうからな」

話しながら王は身を起こし、ミュリエッタの足の付け根あたりにどっかりと腰を下ろした。上半身は自由を取り戻したものの、馬にでも乗っているかの要領で大腿《ふともも》を締めつけられ、下肢《かし》をしっかりと寝台に縫《ぬ》い止められてしまう。

「だがその前に、少々可愛《かわい》がってやろうな。好きな男のために乗り込んできた勇気に免じて、まずはここでたっぷり抱いてやる。今のうち私に乗り換えておくといいぞ。あいつの前で俺に『愛してる』と言えば、兵士達をけしかけるのは許してやろう」

彼はくつくつと楽しげに笑いながら、上体をひねって何とか逃げだそうとするミュリエッタの飾り帯に手をかけて、それをほどいた。

「なに。あいつのものと俺のものと、具合はそう変わらぬさ。年季が入っているか、いないかだけの差よ」

「…………」

不可思議な言葉に、肩越しに相手をふり返る。するとイロノスはニヤリと笑った。

「なんだ。その様子では何も聞いていないのか？　あいつは俺の息子だ」

「えぇっ⁉」

その瞬間、ミュリエッタは礼儀も忘れて声を張り上げた。

エレクテウスとこの国王が実の親子？

（うぅん、そんな……ありえない……！）

青い瞳を見開いていると、彼は自分の帯もほどき、ミュリエッタのものと一緒に寝台の外へ放り投げる。

「嘘ではない。エレクテウスは俺が兄嫁を犯してできた不義の子供だ」

イロノスの兄とは、先代の国王にしてイリュシアの父、クレイトスである。当然、その嫁とは先の王妃のことだろう。

「兄は生まれたあいつを殺そうとしたそうだが、当時の聖巫女がそれを止めて神殿に引き取ったらしい。俺は興味がないから子供のことなど思い出すことすらなかった。だが――俺が国王になってから事情が変わった」

そこで彼は、不服そうに顔をしかめる。

「俺にはあいつの他に息子がいない。神殿の代表として王宮に顔を出すようになったあいつは、一部の有力な貴族に過去の事情を明かし、自分を王位継承者として支持するよう根回しを始めたのだ。王宮の影から影へ、どぶねずみのように動き回っていたらしい」

「謀反《むほん》とは……そのことですか？」

「いや。今回の件はもっとあからさまな事情だ。俺の留守中にイリュシアと組んで派手に俺の廃位を画策した。証拠は挙がっている。阿呆《あほう》なやつらさ。自分のことしか考えていない貴族共にいいように利用されただけだ」

ミュリエッタの頭の中は、次々と明らかになる思いがけない事実に、混乱するばかりだった。

エレクテウスは元々国王と知り合いで、不仲だった。捕まったのは王の廃位を画策したため。

そして彼はなんと、イロノスと先の王妃との間に生まれた隠し子で……。

（……ていうことは……イリュシアさまとエレクテウスは——父親ちがいの姉弟……？）

いやまさか、と期待しそうになる自分を抑え、よく考えてみる。しかし何度考えても、いまの国王の話が本当だった場合、二人は姉弟であるという結論に達した。

（そんな——……っ）

「理屈っぽくて、小難しい政事《まつりごと》をいちいちまじめに考え抜くあいつは、俺よりもクレイトスに似ている。まったく忌々《いまいま》しい男さ。せっかくこうして王位をものにしたっていうのに、死んでまで俺につきまとう」

乱暴なしぐさで、国王はミュリエッタの下肢を包む衣をはぎ取った。気がつけばミュリエッタは、すっかり生まれたままの姿になってしまっている。

「い、いや――」

「さぁ寝物語はここまでだ。足を開け。エレクテウスをくわえこんだところを俺のもので埋めてやる」

「いやぁあっっ」

前戯《ぜんぎ》もなく、いきなり両脚を抱え上げられ、勃《た》ち上がりかけている雄《おす》を秘裂《ひれつ》にあてがわれて、ミュリエッタは恐怖に顔をこわばらせた。

抵抗を力で押さえこみ、悲鳴にうっとりと耳を傾けながら、彼は腰を前後に動かしてミュリエッタの秘部に自分の茎《くき》をこすりつける。やがてそれは少しずつ硬度を増していった。

恐慌《きょうこう》状態におちいったミュリエッタは、思わず手にふれた枕をつかんで相手に投げつける。

するとイロノスは、猫にじゃれつかれたとでもいうように野太く笑った。

「気が強いというのはいいことだ。征服欲に火をつける」

そして部屋の戸口に向けておざなりに言った。

「衛兵、入ってこい！」

すると部屋の外でばたばたと足音がして、部屋に複数の人間が入ってくる気配があった。

「この娘を押さえつけろ。俺が犯す間、決して抵抗できないように」

入口を見もしないで命じ、イロノスは喉《のど》の奥で笑う。

「昔を思い出すな。イリュシアの母を犯《や》ったときもこんな感じだった。どうする？　おまえ、今日孕《はら》むかもしれないぞ？」

気持ちの悪い言葉に、ミュリエッタは涙のにじんだ顔を歪ませる。その青い目が、はっと見開かれた。――直後。

ミュリエッタの両足を抱えていたイロノスの喉に、背後から長剣が突きつけられる。それに気づくや否《いな》や、彼はその場から飛びすさって寝台の上に尻もちをついた。そのまま這《は》いずって下がりながら泡《あわ》を食って声を上ずらせる。

「エレクテウス……ッ」

言葉の通り、寝台の脇にはエレクテウスが立っていた。

（な……なんでっ⁉）

兵士達に乱暴に連れて行かれたはずの彼が、なぜこんなところにいるのだろう？

見たところ怪我《けが》はなさそうだ。そして大青《たいせい》で染め上げた鮮やかな青い外衣《ヒマティオン》に身につけた男達を、背後にずらりと従えている。

国王と政事の実権を分け合う評議員達だ。

ミュリエッタはあわてて敷布をかき集め、その中にくるまった。しかしその前にエレクテウスが、自分の身体《からだ》で評議員達の目からミュリエッタを隠すように位置を取る。

それから彼は、寝台の上の国王をこれ以上ないほど冷然と見下ろした。

「陛下。評議会議員達による賛成多数で、これから臨時諮問《しもん》会議が開かれることとなりました。つきましてはぜひご臨席《りんせき》を賜《たまわ》りたく、僭越《せんえつ》ながらお迎えにまいりました」

「エレクテウス……！　エレクテウス、無事？　大丈夫だったの⁉」

国王と共に、居並んでいた貴族達がひとまず部屋から退出していくと、ミュリエッタはまっすぐに腕をのばして彼に抱き着いた。

「それはこっちのセリフだ……！」

彼もまた噛《か》みしめるようにそう言い、力を込めて抱き返してくる。息が止まってしまうかのようなきつい抱擁《ほうよう》に、ようやくもう大丈夫だと実感がわいてきた。

ややあって身を離すと、彼はミュリエッタの顔を両手で包んで顔を近づけてくる。

「おまえのやったことがどれだけ無茶だったのか、後でよく言って聞かせてやる」

いつも冷静な紫の瞳が、深い焦燥《しょうそう》をあらわにのぞきこんできた。急に湧き上がってきた涙をにじませ、声もなくうなずく。

しかし彼の眉間《みけん》に寄せられた皺《しわ》は取れなかった。

「今になって物わかりがよくなっても遅い」

ミュリエッタはふたたび、小さく何度も首を縦に動かす。

「私は怒っているんだぞ」

うんうん、とうなずいた。

「本当にわかっているのか？」

ミュリエッタはくり返しうなずく。彼が怒るのは、よくわかるのだけど。

「エレクテウスが無事だったんだもの。他のことなんかどうでもいい。お説教くらい、いくらしてくれてもかまわない……！」

「殊勝《しゅしょう》なんだか、なめられているんだか、判断に迷うところだな……」

ボロボロと涙をこぼしながらの言に、彼はかえって眉間《みけん》の皺《しわ》を深め、ため息をついた。

「問題をすべて片付けたら、すぐに説教をしに行く。だからそれまで別室でおとなしく待っていてくれ。いいか？　お、と、な、し、く、だぞ」

「……そんな強調しなくても大丈夫よ」

あまりにも信用のない発言に、むぅ、とふくれる。エレクテウスはこちらの頭をぽんぽんとたたいた。

彼とはそこで別れ、案内された王宮の別の部屋で、言われた通り寝椅子《アンドロン》に座っておとなしく待つ。その間、ミュリエッタは先ほど国王から聞かされた衝撃の事実を思い返した。

エレクテウスとイリュシアは恋人ではなかった。二人は秘密の姉弟だった――

「…………」

頰《ほお》が赤く染まる。うっかりすると、口元がゆるみそうになる。

口を手で押さえながら、その事実を噛《か》みしめた。じんわりと幸せな気分が染み出してくる。

（だって、それってつまり――）

イリュシア以外に、エレクテウスが特に親しくしている女性はいない。つまり彼には恋人がいないということだ。まだ、好きな人がいないのだ！

腰を下ろしている寝椅子《アンドロン》の上を転がって喜びたい気持ちを、ぐっと堪《こら》える。神殿の、自分の部屋に戻るまでは我慢しよう。

（いやいやいや、浮かれてる場合じゃない……）

エレクテウスは今この時にも、まだ大変な状況にいるはずなのだから。……くわしくは知らないけれど。

この部屋まで案内をしてくれた女官から聞いたところによると、現在、王宮には臨時の諮問会議のために評議会の面々が全員集まり、非常に緊迫した状況であるという。それはエレクテウスの名前で招集されたものだとかで、彼は中心に立って合議を進めているようだ。

（って、ところで何の話し合いなんだろう……？）

神殿にいるため世俗《せぞく》のことにはうといい。戦をくりかえすイロノスが、民にあまり人気がないということくらいは知っているが……

「ミュリエッタ……！」

考え事のさなか、ふいにイリュシアの声が耳に飛び込んできた。そちらを見ると、王宮の女官に囲まれた彼女が部屋の入り口から足早に近づいてくる。

彼女は両手を広げてミュリエッタをふわりと抱擁《ほうよう》した。そして大きく息をつく。

「無事でよかった……。あまり無茶をしないで。あなたに何かあったら、オーレイティアさまに申し訳がたたないわ」

「心配かけてすみません、イリュシアさま……」

「まぁ、小言はそのうちエレクテウスがうんざりするほど言うでしょうから、私は割愛《かつあい》するとして――」

抱擁を解くと、彼女はやわらかく訊ねてきた。

「……エレクテウスのことについて、全部聞いたんですってね？」

「はい……。国王陛下の息子でイリュシアさまの……父親ちがいの弟、と……」

国王は、兄の妃を無理やり手籠《てご》めにしたと言っていた。だとすればその話は、イリュシアにとって快《こころよ》いものではないだろう。

言葉尻を濁《にご》すと、彼女はミュリエッタを寝椅子《アンドロン》に座らせ、自分もその横に腰かけた。

「どこから話せばいいのかしらね……。私の父クレイトスとイロノスは、子供の頃から馬が合わなかったのですって」

「兄弟なのに……？」

「兄弟だから、だったのかもしれないわ。周りの期待や注目を集める優秀なクレイトスを、イロノスは一方的に逆恨みし続けて育ったらしいわ。そんな時……私が生まれて間もなくして、父は落馬のケガが元で子供を作ることのできない身体になってしまったの」

　彼女は哀しげに目を伏せた。

「イロノスは、ただ父の鼻を明かすためだけに母を凌辱《りようじよく》したのよ。子供ができたと聞いて、温厚な父もさすがに激怒したとか」

　ミュリエッタは息をのんだ。そういえばイロノスも言っていた。先王は生まれてくる不義の子を殺すつもりだったと。

「お腹《なか》の子を不憫《ふびん》に思った母はオーレイティアさまに相談して、オーレイティアさまが父を説得したの。人知れずに産んで、オーレイティアさまが親戚《しんせき》の子として引き取るから、という約束で」

「だから誰もエレクテウスの生まれを知らなかったんですね……」

「ええ、このことについて知っているのは、イロノスと神殿長さまだけ。でもイロノスは子供には何の関心もなかったみたいで、長いこと放置していたわ。そもそも自分よりも兄に似ているって、エレクテウスのことを毛ぎらいしていたくらいだし。でも……」

　イロノスの政事への不満が高まるうち、評議員の間でエレクテウスの出生の秘密について噂《うわさ》されるようになった。それはエレクテウスが自ら彼らに接触を試みたせいだった。

「それでイロノスは彼を警戒していたのよ。自分の立場を脅《おびや》かすのではないかって」

「でもエレクテウスは政治に関心なんて……」

神職にいる者の常として、世俗のことにはほとんど興味を示していなかったと思う。そう言うと、イリュシアはくすりと笑った。

「そう見せていただけ。実際は王位継承者に名乗りを上げるつもりでいたし、着々と準備を進めていたのよ。とても慎重にね。なのに――ひと月前から急にその活動を急ぎ始めた。だから色々と計画がくるってしまったの」

なるほど、事情は分かった。でも、とミュリエッタは首をかしげる。

「どうして急にそんなこと……」

「いやだわ、ミュリエッタ。今まで何を聞いていたの？」

「へ？」

「ひと月前に何があったのだったかしら？」

「ええと……、私が陛下から聖婚の指名を受けました」

「原因はそれよ」

「えぇっ？」

大まじめに断じるイリュシアへ、ミュリエッタはたじろいでしまった。

「そんな――」

「言ったでしょ？　イロノスはエレクテウスを嫌っていたし、警戒してもいた。もし聖婚を通してあなたがエレクテウスの大切な子だと気づいたら、どんなふうに利用されるか……火を見るより明らかだったわ」

「それは……たしかに――」

ミュリエッタがエレクテウスと特別な関係にあると知ったときの王の反応を思い出し、苦い気持ちでうなずいた。実の父親だと言いながら、彼はエレクテウスを苦しめることばかりを考えていた。

「だからエレクテウスは、イロノスが戦《いくさ》に行っている間に急いで支持者を集めて、継承者としての立場を固めようとしたわけ」

ところが評議員たちはそれだけでは満足しなかった。力を振りかざすばかりの、放埒《ほうらつ》なイロノスの施政《しせい》に不満を抱いていた彼らは、いまこそイロノスを廃し、エレクテウスが王位に即《つ》くべきだと勝手に盛り上がった。

今回のエレクテウスの逮捕は、それが国王の耳に届いてしまった結果だという。

「でもエレクテウスは……陛下のために、私を……その、指南していたのに……」

陰でとはいえ対立している人間のために、わざわざそんなことをするのだろうか。

疑問を口にすると、イリュシアは翡翠《ひすい》色の瞳に、おもしろがるような笑みをにじませた。

「よく考えて。あなたは成人の儀をすませた。そうしたら、普通はどうなる？」

「聖婚のお勤めを果たします……」

「それよ」

「指南なんて口実。彼は神殿長に頼み込んで、あなたの聖婚を買い占《し》めていたの」

「ええと……？」

「えええっっ!?」

今度こそ本当に驚いて、ミュリエッタはこれ以上ないほど目を丸くした。

「神殿長さまはエレクテウスが還俗《げんぞく》して王宮に戻るつもりでいることをご存じだから、多少のことには融通《ゆうずう》をきかせるのよ」

もちろん他の神官たちの手前、そのまま認めるわけにはいかない。また国王が神殿に密偵を放っていることを知るエレクテウスとしても、一人の巫女に特別に関心があることを大っぴらにしたくない。

よって性技の指南という形にして、毎晩ミュリエッタを独占していた……。

その、にわかには信じがたい真相に、ミュリエッタは混乱するばかりだった。それでなくても今日はもう、頭に入ってくる情報が多すぎて整理しきれない。

「おかしいですよっ。なんでエレクテウスがわざわざ、そんなこと——……」

一人おたおたするミュリエッタに、イリュシアは常のおっとりとした態度で、根気強く言葉を重ねてくる。

「まったく……鈍い子ね。そもそもあなたの成人の儀を遅らせていたのだってエレクテウスなのよ？　自分が王族として王宮に戻った後であなたを迎えるために、神殿長さまにかけあっていたの」

「――……」

予想外の事実に、今度こそ頭の整理をあきらめて放心してしまった。ぽかんとしたきり、しばらくは言葉が出てこなくなる。

そんなミュリエッタの前でイリュシアが嘆息《たんそく》した。

「彼の気持ちに気づいていなかったの？」

「だって……わたしは――」

あえぐように、これまでの気持ちをしぼり出す。

「わたしはずっと、エレクテウスはイリュシアさまのことを好きなのだと……、思いこんでいて……」

「エレクテウスが、ミュリエッタの顔を見たさに足しげく私の殿舎に通うものだから、そういう噂が立っちゃったのよね」

「……それだけじゃありません」

彼が自分で寄進をしてイリュシアの聖婚の相手をしているという噂があった。そして聖婚の場でイリュシアを迎えるのは、常にエレクテウスだった。

「ではイリュシアさまはずっと、聖婚をされてはいなかったんですね……」

夢にも思わなかった事実をしみじみと噛《か》みしめていると、相手はさらりと返してきた。

「してたわよ」

「ええ……!?」

まさか。そんなはずはない。ミュリエッタは反射的にそう思った。

側仕えとして、これまでに何度も至聖処《ナオス》へ彼女を送り出してきたが、エレクテウス以外の神官が祭壇《さいだん》にいたことはない。

しかしそこでハッと気が付く。夜の至聖処《ナオス》は闇が深い。そこに何者かが潜み、ミュリエッタたちがいなくなってからエレクテウスと入れ替わることは可能かもしれない。……彼の協力と、イリュシアの同意さえあれば。

「…………」

そちらを見ると、彼女はいつものようにおっとりとほほ笑んだ。

「相手はこの国で一番の不信心者よ。私の成人の儀を行うはずだった神官を、脅迫《きょうはく》かつ買収してなり代わり、私の処女《おとめ》を奪って、その後も聖婚を買い占め続けた悪辣《あくらつ》な男」

相手は神官だろうか。

(うぅん、そんなはずない)

そんな、文字通り神をも恐れぬ所業をやってのける神官などいるわけがない。しかし神官でないというのなら、なおさら恐ろしいことだ。

エレクテウスが聖巫女の聖婚の相手をし続けていたという噂は、前例のないことと受け止められながら、問題になることはなかった。神殿執政官として、そうするだけの権限がないわけでもないからだ。

しかし相手が世俗《せぞく》の人間となると話は別である。その男も……そしてイリュシアも、聖巫女にふれてよいのは神官のみという、女神の定めた法を犯していることになる。

「…………」

それ以上追及してよいものか迷い、訊ねあぐねていたところに、その時。

「お話が弾んでいるようですね」

ふいにそんな声が割って入り、ミュリエッタははっと部屋の入口をふり返った。青鈍色《あおにび》の外衣《ヒマティオン》の裾《すそ》を優雅になびかせて現れたのは、青年貴族のセレクティオンである。

突然現れた国王の側近を、ミュリエッタは警戒を込めて見上げ――そこで目をしばたたかせた。繊細に整った青年の顔は、つい数刻前に目にした通り。しかしいま、その時にはなかった青あざが頬《ほお》に浮いている。

ミュリエッタの横で、イリュシアがあきれたように言った。

「その顔、どうしたの?」

「エレクテウスにやられました。いちおう申し上げておきますと、避けようと思えば避けられたものを甘んじて受けたのですよ」

（え、知り合い……？）

きょろきょろと二人を見比べる。彼らの会話は、どう見ても初対面か、あるいはそれに近い間柄のものではない。

様子をうかがっていると、イリュシアの前までやってきたセレクティオンは、その足元に恭《うやうや》しく膝をついた。そしてふり仰《あお》いだその顔に、ぱん！　と平手の音が炸裂《さくれつ》する。

「イ、イリュシアさま……⁉」

青年の頬をたたき、なおもきつく見据える主に、ミュリエッタは目を剝《む》いた。

これまで、彼女が人に手を上げたことなど一度もない。それどころか、こんなふうに誰かに対して怒りを露わにするのを見るのすら初めてである。いったいどうしてしまったというのだろう？

おたおたするこちらに向け、彼女は言った。

「このくらい当然よ」

そしてゆっくりと手を降ろす。

「この人はあなたを餌《えさ》として利用したのだから」

「え……？」

（わ、わたし……？）

身に覚えがなく、きょとんとしていると、青年は叩かれた頬に手の甲を当てて苦笑する。彼はこちらに向けて淡泊《たんぱく》な視線をよこした。

「今日、王宮に評議員たちを招集する上でもっとも懸念《けねん》されたのが、それを知った国王による妨害でした。兵士に命じてエレクテウスを害するなり、評議員達の集合を妨げるなりするかもしれない。……我々に味方していた者たちは皆、多少の血が流れることを覚悟しておりました」

そしていざ行動を起こそうとした――まさにそこへ、ミュリエッタが現れたのだ。

それを聞いたイリュシアの眉がぴくぴくとふるえる。そんな彼女を気にするように、青年の語調がわずかにゆれた。

「よって私は……聖婚の乙女《おとめ》が待っていると申し上げて陛下を寝所へ追いやり、その隙《すき》にエレクテウスを解放して、あらかじめ味方に引き入れておいた評議員達を呼び集めたのです」

「最低だわ」

「イ、イリュシアさま……」

常になく感情的な彼女の反応をありがたいと思う。けれど、自分のとっさの行動がエレクテウスを救う役に立ったのだと考えれば、ミュリエッタにとってはうれしいことだった。

そうなだめようとしたものの……、二人はすでにミュリエッタのことなど目に入っていない様子だった。

「かまいませんよ。なじってくださっても、殴《なぐ》ってくださっても結構です。どう反発したところで、貴女が私の物となった事実は変わりません」

「私は物じゃないわ」

「貴女をもらい受ける——それが五年前、エレクテウスに協力を求められた際の唯一の条件でした」

「本当に最悪。彼にはそういうところがあるのよね。自分がミュリエッタと添い遂《と》げる未来のためなら、実の姉をも売ってしまうの」

「何とでもおっしゃればいい。いま私の胸は歓喜に満ちております。あなたの鋭い舌鋒《ぜっぽう》など何ほどのものでもありません」

　青年は、そう言ってゆっくりと立ち上がり、寝椅子《アンドロン》に腰を下ろしていたイリュシアの背後にまわると、大切そうに彼女を抱きしめる。

「捕まえました。もう逃げられませんよ、私の女神」

「やれやれだわ……」

　眉《まゆ》を寄せ、ため息で応じる彼女は……、しかし言葉ほどにはいやがっている様子ではなかった。青年も心得ているのだろう。

「貴女を手に入れるため、家も主も裏切りました」

　光を孕《はら》むまばゆい金の髪にくちびるを寄せ、彼は陶然《とうぜん》とつぶやく。

「惜しくはなかった。この手にふれ、この腰を抱き、このくちびるに口づける権利を永遠に私だけのものにすることができるのなら、何だって捨ててみせます」

しかしイリュシアはそっけなく呟《つぶや》くだけだった。

「ミュリエッタがいるのよ。やめて」

冷ややかな態度と眼差《まなざ》しが、びっくりするほどエレクテウスに似ていることに、ミュリエッタはようやく気がつく。同時にいつも優しく穏やかな彼女に、こんな一面があることも初めて知った。

そのとき、廊下《ろうか》の方から急に騒々しい音が聞こえてくる。大勢の人が近づいてくる気配だ。部屋の入口に目をやると、ちょうどエレクテウスが入ってくるところだった。

「エレクテウス……、大丈夫……？」

近づいて行ったミュリエッタに向け、彼は静かにうなずく。

「うまくいった」

「諮問《しもん》会議の結果は？」

セレクティオンの問いに、今度は自信に満ちた笑みで応じた。

「評議員たちの陶片《オストラコン》の投票によって、イロノスの国外追放が決まった」

「え……」

その言葉にミュリエッタは絶句してしまう。

陶片《オストラコン》の投票とは、支配者にふさわしくないとされる者について、現状を維持するか、それとも廃位させるかを、陶器《とうき》の破片を用いて票を投じ、採決することだ。

メレアポリスにおいては、過去幾度も暴君による圧政を退けた伝統的な手法であり、たとえ国王であっても、その結果に逆らうことはできないとされている。

「いまの王さまが追放ということは、つまり……」

その言葉の先を、口にすることができずに立ち尽くした。

つまり現在、この国の王は、目の前にいる——

「そうだ」

簡潔に言って、エレクテウスは面倒くさそうに部屋の入り口に目をやる。

「だから会議が終わった後も、評議員たちが私から離れようとしなかった。ぞろぞろと、どこまでもついてくる……」

「あ……っ」

我に返ったミユリエッタは、あわててエレクテウスから離れた。なんということだろう。彼はもう、一介《いっかい》の神官ではなくなってしまったのだ。

「お喜び申し上げます。エレクテウス……さま」

ためらって言い直す。

「いえ、あの……陛下」

「何の真似《まね》だ」

渋い顔をするエレクテウスの側で、イリュシアとセレクティオンが同時に噴き出した。

「ミュリエッタ。あなたはこれから大変ね」

「いきなりこれとは、まったくひどいことをする」

二人の言うことが分からずにとまどっていると、イリュシアが「ふふふ」とからかい交じりにほほ笑む。

「たったいま、たっぷり話して聞かせたでしょう？　あなたを手に入れるために、エレクテウスがいかに手段を選ばなかったか」

「姫……」

制止するようにそう呟《つぶや》いて、彼はこちらを見た。その紫の瞳と、ふいに視線が重なってどきりとする。

「――……っ」

まだ、これが現実とは信じられなかった。

何しろエレクテウスはここ数年ずっと、ミュリエッタに対して昔よりもよそよそしい態度を取ってきた。近づきたくても近づけない壁があった。どうやらそれは国王の放った密偵を意識してのことだったらしいが、そのせいでミュリエッタはどんなにやきもきしたことか……。

見つめ合っていると、ふいにイリュシアがおだやかに口を開いた。

「エレクテウス、わたし、あなたにちょっとだけ仕返しをしなければならないわ」

「仕返し？」

彼は怪訝《けげん》そうに訊き返していたが、ミュリエッタはそれが先ほどの「実の姉をも売ってしまう」のことを言っているのだと、なんとなく察した。

「ミュリエッタ。彼ね、十歳のときに将来ミュリエッタを嫁にするって宣言して、オーレイティアさまから、成人の儀をすませるまで手出しはまかりならないって釘を刺されたのよ」

「へ……？」

間の抜けたミュリエッタの声に、エレクテウスのわざとらしい咳《せき》ばらいが重なる。

「姫、それは……」

しかしイリュシアはかまう様子なく続けた。

「それなのにあなたは、いつまでたっても子供の頃のようにエレクテウスにまとわりついていたでしょう？　私が知る限り、三年くらい前からエレクテウスはあなたにうっかり手を出してしまわないよう自制して、悶々《もんもん》としていたわよ」

「聖巫女さま。急ぎ神殿へ戻り、このたびのことを私の代わりに神殿長にご報告願いたい。また突然の政変に神官達にも動揺《どうよう》があるかもしれません。しばらくは向こうにお留まりくださいますように！」

エレクテウスが有無を言わさぬ口調でミュリエッタとイリュシアの間に立ちふさがり、彼女はようやく口を閉ざした。

「新しい国王陛下のおおせのままに」

ふわりとほほ笑んでそう言うと、すっきりした顔で寝椅子《アンドロン》から腰を上げ、ミュリエッタに目配せをしてからセレクティオンを従えて部屋を退出していく。

そんな姉を半ば追い立てるように見送ると、エレクテウスは前髪をかきあげた。それは、彼にしては珍しく照れを隠すようなしぐさに見えた。

部屋に二人で取り残されると、沈黙が重くのしかかってくる。ミュリエッタはそれまでのイリュシアの言葉の数々を思い返して動揺《どうよう》してしまった。

『彼は神殿長に頼み込んで、あなたの聖婚を買い占《し》めていたの』

『成人の儀を遅らせていたのだってエレクテウスなのよ？』

『私が知る限り、三年くらい前からエレクテウスはあなたにうっかり手を出してしまわないよう自制して、悶々としていたわよ』

（う、うそよ。うそ……、エレクテウスが何年も前から私を好きだったなんて――）

本当にそうだったら、天にも昇るほどうれしい。けれど絶対そんなはずはない。あんまり浮かれてはだめだ。

（でも、でも……っ）

イリュシアの言葉がまちがっていたことが、いままでにあっただろうか？

（いやいやいや……）

考えれば考えるほど、頰《ほお》が熱くなっていく。桃のように火照《ほて》った顔で、そろそろとエレクテウスの方に視線をやると——彼もまた、非常にやりづらそうな面持《おもも》ちでこちらを見ていた。

しかしやがて覚悟を決めたように向き直る。

「こんな形で暴露されるのは不本意だったが……」

「本当……なの？　その——……」

顔が熱い。声が上ずってしまう。

もし本当だったら……と想像するだけでもうれしくて、幸せすぎて、頭が沸騰《ふっとう》してしまいそうだ。

どきどきと忙《せわ》しない胸を押さえて答えを待つミュリエッタに、彼はあっさりとうなずいた。

「少々誇張があったようだが、本当だ。——いや……」

口元に拳を置き、少し考えるようにして言いかえる。

「誇張ではない。ほぼあの方の言う通りだ」

（えええ……っ）

いつになく率直に言われ、ミュリエッタはぐつぐつと煮こまれているように顔が熱くなるのを感じた。わけがわからないほどうれしくて、なぜか涙がにじんでくる。

「ミュリエッタ？」

「ちが……っ、これ、うれしいの！」

　あわてて、こぼれそうになった涙をぬぐう。

「わ、わたし……ずっと、エレクテウスは……イリュシア様のことが好きなんだって……、思ってて。だから……」

「あの方は姉だ。信頼できる方と尊敬しているが、それ以外の気持ちを持ったことはない。が……」

　一呼吸おいて、彼は難しい顔で言葉を紡《つむ》ぐ。

「もし恋人ではないと知ったら、おまえがもっと積極的にくっついてまわってくるのではないかと思って、誤解をそのままにしていた。……自制心をさらに試されるような事態は、ないに越したことがない」

　な、なんていうこと。

　その誤解のせいで、ミュリエッタはずいぶん悩んだというのに。

　ついイリュシアに嫉妬《しっと》してしまい、それがよくないと自分に言い聞かせ、それでも嫉妬してしまい、落ち込んで……とくり返した。

「ひどい、それ……」

　涙をこすりながら憮然《ぶぜん》として言うと、彼は「それに……」とつけ足した。

「あの方に焼きもちを焼くおまえの姿はかわいかったし、妬《や》かれるのは心地よかった」

「う……、え、ぇ……？」

ミュリエッタは意味不明のうめき声をあげた。

いったい今日の彼はどうしてしまったのだろう？　まるで壊れてしまったかのようだ。こんなふうにいくつも甘い言葉を並べるだなんて。

いつもの彼らしからぬ態度に、これ以上ないほど狼狽《ろうばい》してしまい、頭は沸騰《ふっとう》していくばかりだった。

（い、いままで冷たくされるのが当たり前だったから、どうすればいいのかわからない……！）

ひたすらうろたえて棒立ちになるミュリエッタの顔を、エレクテウスは両手ではさんで上に向ける。

「や、いま、やだ……っ」

告白に動揺し、熟れたりんごのように赤くなっている顔を見られたくなくて、ミュリエッタは顔を背けようとする。しかしそれは彼の手に阻《はば》まれてかなわなかった。

「上気した頬で、目をうるませて、何を言ってるんだ？　もちろん誘ってるんだろう？」

「誘ってなんか……む、んんっ……」

くちびるを重ねられ……、それも突然深く重ねられ、照れ隠しの言葉はあっという間に呑《の》み込まれてしまう。はじめのうちは混乱を引きずっていたものの、そのうち追い求めて絡みついてくる舌のこと以外、何も考えられなくなった。

角度を変えて重ねられるくちびるからも、深くまで侵入してくる舌からも真摯《しんし》に求める想いが伝わってきて、ミュリエッタをいっぱいにする。気がつけば二人で寝椅子《アンドロン》に腰を下ろし、長いキスを交わしていた。

エレクテウスにしがみついて必死に応じているうちに、どのくらいたったのか……。ようやく彼は名残《なご》惜しげにくちびるを放す。

「ほら……指南以外の名目でふれれば——いったんその一線を越えたら、箍《たが》が外れてどこまでものめりこんでしまう。それが分かっていたから我慢していた」

キスの余韻《よいん》にうっとりとするミュリエッタの頬を、彼の指がくるくるとなでた。

「秘密はすべてなくなった。今日からは堂々と言える。……ずっとおまえを見ていた。私のものにしたかった」

「わ、わたしも好き……。ずっと好きだった……」

「知ってる」

「うぅん。知らない。わたしがどんなふうに好きか、きっとエレクテウスは全然知らない。ちょっとでも姿を見たくて、用事があるふりで内房《カタゴギオン》に出かけたりとか、しょっちゅうしてたのよ？　大抵は空振りだったけど……」

彼はやや意表を衝《つ》かれたようにまばたきをした。ほら、やっぱり知らない。

今まで伝えられず胸に秘めてきたことが、堰《せき》を切ったようにあふれてくる。

「エレクテウスがイリュシアさまの部屋に来る日は、前の日からうれしくてたまらなかったし、声を聞けた日は一日中幸せだった。大抵はお説教だったけど……。それに、たまーに笑ってくれると、一週間くらい幸せになれた……」

あぁ、なんて幸せなんだろう。これまでを思い返し、ミュリエッタはその想いにたゆたう。

あの頃に比べれば、今はなんて……。

「毎日女神さまに祈ってた。明日も、少しでもエレクテウスがわたしのことを思い出してくれますようにって……、ぁ、んっ……」

まだまだ訴えたいことはあったのに、それは奪うようなくちづけに阻《はば》まれてしまい、かなわなかった。

「あっ、……ん……ふ……」

口づけたままくちびるを舐《な》められ、くすぐったさに開いたその隙間《すきま》に、舌がミュリエッタの口の中まで入りこんでくる。

ざらりとした舌は、熱く、やわらかく、たっぷりと濡れているミュリエッタの口腔内《こうこう》を味わうかのように、あらゆる箇所《かしょ》を舐めまわしてくる。口の中のくすぐったい場所を、幾度も舌先でちろちろと刺激されると、それだけで腰がむずむずとしてきた。

「んぅ……っ……」

身体《からだ》がくずれ落ちそうになり、ミュリエッタは彼にしがみつく。そして好き勝手に動きまわる舌の側面を、自分から舐めてみた。

　すると悪戯《いたずら》に気づいた彼が、ふいに舌を重ね合わせてくる。からみつき、しごくようにして舐め上げ、そして吸い上げる。

「は……ん、……う……」

　口づけの角度を変え、舌の根本から先まで、時に包み込むように、時にえぐるように、何度も何度も飽きずにからめてきては、強く吸う。

　くちゅくちゅと舐め合う淫らな交歓は急速に熱を上げていき、早くも頭がぼうっとしてくる。数えきれないほどくり返される彼の口づけは、まさに箍《たが》が外れてしまったかのようで、ミュリエッタはそれだけで身体中が蕩《とろ》けてしまった。

　全身から力が抜けてしまい、くったりと寝椅子《アンドロン》に横たわる。肘掛けを枕にして胸を上下させるミュリエッタを、エレクテウスは満足そうに見下ろしてきた。

「もうひとつ言っていなかったことがある」

　そうささやきながら、彼はミュリエッタの両肩のピンを外し衣をはだける。ほろりとまろび出た胸のふくらみを、宝物のように愛《いと》おしげに両手で包み込んだ。

「おまえを王に捧げるつもりなど毛頭なかった。性技の指南はすべて私のためだけのものだ」

「ほ……ほんと?」

　快感に目をうるませ、とろりとした視線で見上げると、彼は自信に満ちた笑みでミュリエッ

タの手に口づける。

「あぁ、私のものだ。爪の先から、蜜《みつ》があふれる泉の奥の奥まで、すべて……」

言葉通り、そのくちびるは指、指と指の隙間、手首……と少しずつ移動し、肌を丹念にたどっていく。

寝室でもないこんなところで、彼はミュリエッタからすべての衣を取り払い、まるで身体中に口づけようとでもいうかのようにキスの雨を降らす。

ミュリエッタがくすぐったがって身をよじらせる場所は、くちびるだけでなく舌も使って特に念入りに責めてきた。

「……ぁ、ぁ……ンっ」

しばらくすると、ただキスをされているだけだというのに全身がしっとりと汗ばんでくる。

身体を満たしてやまない熱と悦《よろこ》びへの期待とを、ミュリエッタはため息とともに吐き出した。

火照《ほて》った吐息が耳に入ったのか、彼が顔を上げる。

「今日は最後まで絶対に果たさせないぞ」

「ふぇ……?」

「先は長い。覚悟しなさい」

意地悪な言葉の意味するところを、ミュリエッタはすぐに実感することになった。

丹念なキスを延々続けた末に、彼はようやくミュリエッタの胸のふくらみに左手をのばしてくる。そこはすでに硬く先端をとがらせていた。

片方の乳房をまるく捏《こ》ねながら、もう片方の頂《いただき》に吸いつく。周囲をくるくると舌先でたどり、やんわりと舐める。ぬるぬると熱い舌は、そこが甘い菓子ででもあるかのようにぴちゃぴちゃと舐めるばかりで、それ以上のことは決してしなかった。

「んっ、んんっ……エレクテウス、も、……ぁぁ……っ」

そして同時に反対の胸を、五本の指を食い込ませるようにして、やわらかく揉《も》みしだく。白いふくらみの弾みを愉《たの》しむような手つきで、じっくりと快感を呼び起こしていく。

なかなか決定的な刺激とならない愛撫《あいぶ》に、焦れったくてたまらなくなった。

「あ、……んっ、……あぁぁっ」

さざ波のような喜悦に身体をくねらせると、今度は空いていた右手が秘処《ひしょ》にのばされてくる。長く器用な指は秘裂《ひれつ》をたどり、くぷ……っと蜜口に潜りこんできた。

「んん……っ」

官能の予感に、早くも媚壁《びへき》がひくつく。しかし。

「まだだって言っているだろう?」

「でも――……あぅ、ん……っ」

淡々とたしなめてくる口調が恨めしかった。こんな状況で、どうして彼がそれほど冷静でいられるのかわからない。

先ほどからはしたないほど蜜をこぼしている割れ目は、ミュリエッタの意識とは関係なく、侵入してきた指にきゅうきゅうとからみつく。それをくちゃくちゃとかき混ぜて、エレクテウスは口の端を持ち上げた。

「すごいな。椅子《いす》にまでしたたたっている。まだいじり始めたばかりなのに」

「だって……だって、エレクテウスが、意地悪……する、から……っ、ふぁあっ」

親指の腹で花芯《かしん》をつぶされ、思わず声を上げる。

「意地悪？　心外だな。こんなにもじっくり可愛《かわい》がっているというのに」

（その言い方が意地悪なのっ。わかっているくせに……！）

ミュリエッタは心の中でそう反論した。

ふれ方がいつになくやさしくて、丁寧《ていねい》なのはわかる。でも。

「じっくり……すぎるのっ。もっと……」

「もっと、何？」

「ふ、ぅっ……」

「我慢すればするほど、快感は増していくと教えただろう？」

「でも……でも……っ」

まるで、時間をかけていぶしてでもいるような、こんなに執拗《しつよう》な愛撫は初めてだ。

（もう無理、……もう、ほんとに無理……っ）

煽《あお》られるだけ煽られ、ふくらんでいくばかりの快感に追い詰められ、ミュリエッタは汗ばんだ身体をのたうたせる。今すぐにでも達したいと、先ほどからずっと我慢している。それなのに。

「アシタロテの神官がその気になったら、どれだけ大きな快感を与えられるものか教えてやろう」

悪魔のように甘い声音《こわね》で彼がささやいた。

「ふぁあ……、ぁあぁあ……っ」

「おまえはただ、感じていればいい」

「や、もう――もう……ふ、ぁぁ……ンっ」

「身体の隅々まで、私をよく感じてくれ」

吐息を交えてつぶやきながら、エレクテウスは片方の胸の先端に吸いついた。そしてもう左手の指で乳首をくにくにとつまみ、さらに右手で陰核を押しつぶしながら、蜜洞《みつどう》の中に指を出し入れする。

「んあぁあ……っ、ぁ……っ、やだ……やだぁ……っ！」

敏感な個所《かしょ》を同時にいじられてはいるものの、その動きはどれもゆるやかだった。めいっぱい手加減された責め苦は、身の内の熱を高めていくばかり。優しさを通り越して、苦痛にすら感じる。

加減を心得た指は、敏感なところを避けて蜜洞をぐちゅぐちゅとかき混ぜ、蜜にまみれた花芯をもゆるゆると転がした。

「ふっ……ぁあ、あっ！」

腰は快感が爆発するのを期待しながら、終始ぴくぴくとふるえている。

「……だめっ……ぁぁ、……だめ、……もっと……」

「だめなのか？　それとももっとさわってほしいのか？　どっちだ？」

「焦らすの、だめぇ……っ、あっ、……ぁ、もっと……強く……！」

「もっと刺激の強い方法だな？　よし」

そう言うや、エレクテウスはミュリエッタの両足の間に身体をねじ込み、その付け根へ顔をうずめようとする。何をされるのか悟り、ミュリエッタ頭を振った。

「それだめ！　やだやだ……っ」

しかしエレクテウスはそれにかまわず、指を使ってぱっくりと淫唇《いんしん》を割る。くちゃ……という音と共に、蜜にまみれてぬらぬらと光るそこが、ミュリエッタの目に入った。

真っ赤に染まって花弁を開き、ひくひくとふるえている。おまけにその中心では、指淫によってむき出しになった花粒が、興奮にぷっくりと勃《た》ち上がっている。

いやらしすぎる光景だ。彼がそれをどう思って見ているのか、考えるだけで顔から火が出るほど恥ずかしかった。

間近からそれを覗《のぞ》き込んだ彼は、こちらにいたずらな目を向けてくる。

「舐められるの好きだろう？」

「好きじゃない……っ」

これまでの指南でも何度か経験した。しかしそれをされると、何度も何度もすぐに達してしまってつらいのだ。我慢を強《し》いられている今されたらどうなるか、火を見るより明らかである。

しかし彼は無情にも指で開いた秘裂にくちびるを近づけた。

「大丈夫。果てないように手加減するから」

「や、やだって……ん、あぁぁっ……」

ちろちろとひらめく彼の舌は、花芯そのものは舐めてこなかった。輪郭《りんかく》をなぞるように、くるりと周囲をたどるばかり。……かと思った瞬間、ぬるっと花芯をはじく。

「ひぁん！」

予期していなかった刺激に腰が跳ねた。しかしすぐに逃げてしまうその舌先は、決定的な感覚にはならない。

「ふぅ、あぁっ、は…………は……」

しばらくすると、泉のようにとろとろととめどなく蜜をあふれさせる秘部に、またしても二本の指が挿し込まれてきた。

「うぁぁ、……ン！」

蜜洞が、そろえた指を感極まって締めつけるのがわかる。恥ずかしいほど露骨な反応だ。

「う、っ……ふぅぅ……ン」

中で指を折り曲げられ、ぴくりと大腿《ふともも》をふるわせると、彼はふっと笑った。

「中が大変なことになっているな。指をぎゅうぎゅうくわえこんで離さない」

「ひぁっ、……あぁぁ……っ」

ぐちゅぐちゅとわざと音をたてて抜き差しをされ、嬌声《きようせい》と共にのけぞるミュリエッタを、エレクテウスは飽きずに眺める。

「ぁ……、あぁぁっ、も、もう……ダメッ……！」

「……ここに私の物を挿《い》れたらどんなふうになるんだろうな？」

「挿れ……てぇ……っ」

口をついて出た言葉に、ミュリエッタはふと以前聞いたことを思い出した。

そういえば、男の人をその気にさせるという方法があるのではなかったか。

(ねだり方――)

ずっと前に教えてもらった。たしか……。

『ありがちなのは、足を広げて、挿れてほしい場所を指で開いて見せるとか』

(やだ、無理…………っっ)

刺激的な言葉に目眩《めまい》がする。しかし今はどんなものにもすがりたい状況だ。

（もしそれで効果があるなら……）

「ミュリエッタ？」

自分からそろそろと大腿を開いたところ、何か変化を感じたようだ。彼が怪訝《けげん》そうな目を向けてくる。その前で、ミュリエッタはさらに大きく足を広げた。

（男の人を誘って、その気にさせるためには――）

濡れそぼった秘裂《ひれつ》を相手に見せつけるようにして、そして。

「こ、ここに……エレクテウスの……挿れて……っ」

全身を赤く染め上げ、羞恥《しゅうち》を押し殺して、か細く訴える。

蜜口の中が少し見えるほど割り開かれた秘処には、まだ彼の指が埋め込まれたまま。そのあられもない光景に惑乱されたかのように、彼はひとつ頭をふった。

「ミュリエッタ、よくも……」

やがて呻《うめ》くような声が、歯の隙間《すきま》からもれてくる。

「よくも私を誘惑したな」

「……え……？」

エレクテウスはその場で、重なり合った衣の合間から自らの昂《たか》ぶりを取り出すと、それを秘裂に押し当ててくる。何度か割れ目を往復させ、蜜をたっぷりとからませると、やおらズ……と押し入ってきた。

「んぁぁ……あっ」

「本当はもっともっと時間をかけるつもりだったのに」

「ぅぅぅっ……」

「おまえのそんな姿を見せられては、私とてもたない」

「だって……感じすぎちゃって――……つらい……ぁあぁっ」

「そうだろうとも。そう育てた。誰よりも感じやすく、達しやすくなるよう、私が育て上げた」

「ふぁあぁっ、……ぅう……っ、ん……！」

「世界でもっとも淫《みだ》らな、私だけのミュリエッタ……」

少しずつ隘路《あいろ》を拓いた楔《くさび》が、奥まで到達する。媚壁《びへき》が蜜をあふれさせてうごめき、からみついた。

「すごい歓迎ぶりだな……」

からかい混じりに言い、彼は具合を味わうように軽く抜き差しをする。……と。

「あ、あっ……んぁぁぁぁ！」

それだけでミュリエッタは、めくるめく官能にあっさり呑み込まれてしまった。がくがくと身体《からだ》をふるわせて、甘美な衝動に一時身を任せる。すると。

「……我慢しろと言ったじゃないか」

頭上からごくごく冷ややかな声が降ってきた。

「で、でき、な……ぁぁあぁっ」

まだ完全に快感が去っていない中、容赦《ようしゃ》のない突きあげが始まり、その恐ろしい浮遊感にミュリエッタは泣きぬれた目を見開く。

「ダメぇっ……。まだ途中っ……まだ、まだ……あ、あぁあっ……！」

達してる最中であるにもかかわらず、ずちゅずちゅと動かれた。それだけでも大変だというのに、指で花芯をぐりぐりと嬲《なぶ》られ、胸の先端を口に含まれ、きつく吸い上げられる。

「あぁっ、やぁあぁぁ、……あぁぁあぁ……っ！」

突然、あらゆるところからの強い快感に襲われ、ミュリエッタは身体をこわばらせて何度も何度も果ててしまった。絶頂にがくがくとふるえている間に、またしても頂に押し上げられる。

「た、助け……ふぁ、……ぁあっ……！」

強すぎる快楽に頭の中で真っ白い爆発が続けざまに起こり、そのうちすっかり白く塗りつぶされてしまう……。

そのまま少しの間、失神していたようだ。

気が付いたら、エレクテウスに手の甲で額の汗をぬぐわれていた。彼はミュリエッタの目蓋《まぶた》が開くのを見ると、神妙に口を開く。

「すまない……。おまえのいやらしい懇願《こんがん》に、すっかり我を忘れてしまった」

そして指の背で愛《いと》おしげに頬《ほお》をなでてきた。

「おまえはまだまだ子供だというのに……」

指の感触には胸が疼《うず》くが、言葉にはむぅ、と反発がこみ上げてくる。

「……わたし、子供じゃないもの」

「やめなさい。つらい思いをしたくなければ、もう煽《あお》るな」

「………」

（ちょっと行為の経験に差があるくらいで、子供子供って……）

むくれていると、ふいに自分の中で彼が動き出した。まだつながったままだったのだ。

とたん、腰の奥から甘やかな悦《よろこ》びがわき上がってくる。

「ふ、ぁ……ぁ……っ」

「いきたいなら、いっていい」

償《つぐな》いのつもりででもあるのか、彼は今度は穏やかにそう言った。

大きく膨《ふく》れ上がった楔が、ぐちゅ、ぐちゅ、と淫らな音を立てながら奥まで押し込まれ、また入り口付近まで引き戻される。こすられる心地よさに媚壁がひくつき、腰の奥からゆるい快感が湧き上がってくる。

「う……ふっ、……ぅ」

「これなら平気だろう？」

「んっ、いい……気持ちいい……っ」

教えられた通り、感じていることを伝えると、彼はふと口元をほころばせた。

「いい子だ」

両手ですくい上げるようにして胸を押しまわし、張りつめて疼く胸の先端を指の先でいじる。長い指でつかむように揉《も》みしだき、人さし指と親指の先でくにくにと乳首をしごき上げる。

「ふ……あ！　……は、……うっ」

こぼれる声は、ふいの口づけに吸い込まれた。強く押しつけられるくちびるから、熱く濡れた舌が忍び込み、まっすぐミュリエッタの舌をめがけてからみついてくる。

「……っ、……ン。……ううっ」

重ね合い、舐《な》め合い、くすぐり合う。秘めやかで甘い口づけの合間に、彼は情欲のしたたるような声でささやいてきた。

「いつか……おまえに最高の快楽を教えてやりたい」

「……もう、……充分……教わった……っ」

「まだまだ。三週間で教えられるものか。こんなのは序《じょ》の口《くち》だ」

「あぁあっ……」

ずん、と最奥《さいおう》まで重く突かれる衝撃に、感じきった声がもれる。

押し入ってくるものの大きさと熱さに、自然に腰が動いた。引き抜かれるときの、凹凸のある側面が蜜洞《みつどう》をこする悦楽に張りつめた肌がわななき、ぴくぴくと身体がこわばる。浅いところでとどまった切っ先が、中の感じるところを正確にえぐる。

「ふぁぁぁ、あぁ……っ」

押しよせる悦楽にミュリエッタはびくびくと反応した。

すると、反り返った背中と寝椅子《アンドロン》との隙間《すきま》に腕を差し入れ、彼が身体をぴったりと重ねてくる。裸の胸が胸板に押しつぶされ、下肢《かし》の奥がきゅんと疼《うず》く。それは媚壁に伝わって彼の雄《おす》をきゅうっと締めつけ、びくびくという雄の脈動を感じた。

「んっ、んっ、……」

新たな強い愉悦《ゆえつ》の波の気配に、身体がふるえ始める。

「ミュリエッタ、私もそろそろだ。一緒に……っ」

「はぁぁっ……、あぁっ――んっ」

熱く湿った吐息と共に、再度くちびるをふさがれた。舌をからめて引き出され、求めて猛《たけ》る心のままに強く吸い上げられる。

頭の芯から快感が発し、背中を這《は》いまわった。びくびくとふるえて自ら腰を彼に押し付けると、身体が密着していたため、勃《た》ち上がった花芯が彼の下肢に当たる。

ぐに、と花芯が押しつぶされるその気持ちよさに、頭の隅でいけない、と感じた。しかし。

「んんんんっ……！」

ダメだと思った時にはすでに止めようがなく、ミュリエッタは深い歓喜の波に捕らえられてしまう。全身を駆け抜けていく悦びの興奮に、身体がこわばり、秘部が甘く痺《しび》れて痙攣《けいれん》する。

「は……ぁ、んっ」

さめやらない余韻《よいん》に浸っていると、エレクテウスが物言いたげにうなった。

「ミュリエッタ……。おまえは――……」

「ご、ごめ……なさ……っ」

「まったく堪《こら》え性《しょう》のない……」

昇り詰めたままの状態のミュリエッタの中で、彼はぼやきながらも抜き差しを再開する。

「あぁっ、だめ、わたしまだ……ぁあぁっ」

「おまえの乱れる姿を見続けて、私も限界だ。今回ばかりはつき合ってもらうぞ」

「あぁぁんっ、……あぁぁ、……はぁっ……」

しっかりと尻を抱え、がつがつと奥を穿《うが》つ腰の動きは、くり返すごとに遠慮がなくなっていき、やがて蜜を散らすほどの勢いとなった。

こすり続けられた蜜洞が熱く痺れて、燃えそうなほど。下肢はすでに芯からどろどろに蕩《とろ》けてしまっているかのようだ。もう骨すらないほどに感じられるのに、なぜか腰が勝手にうねってしまう。

「ひぁっ、……んんぁぁぁ、……ぁん……！」

気がつけば彼は寝椅子《アンドロン》に膝を立て、ミュリエッタの下肢を持ち上げる体勢で、激しく上から突き下ろしていた。

「あぁあっ、……やぁぁぁあっ……、あぁ……っ」

奥へ奥へと抉《えぐ》るように、容赦《ようしゃ》のない抽挿《ちゅうそう》を続けられているうち、ミュリエッタの身体はまたしても熱に煽《あお》られて身の内が官能で満たされていく。熱い楔《くさび》の切っ先に蹂躙《じゅうりん》される感覚だけでなく、乱れるミュリエッタを見てより激しくなっていく彼の様子に、たまらない心地よさを感じる。

「はぁぁぁん、……ふぁぁ……ぁンッ」

甘く響く嬌声《きょうせい》がひっきりなしにこぼれ、ずちゅ、ぐちゅ、とはしたなく響く音と重なり合った。突き下ろす腰の動きが速くなるにつれ、熱い渦のような大きな波がミュリエッタの下肢からせり上がってくる。

にじんでいた涙越しに上を見上げると、こちらをじっと見下ろしているエレクテウスと目が合った。紫のきれいな目だ。ずっとずっと焦がれてきた──

「好き、エレクテウス、大好き……っ」

こみ上げてきた想いを口に乗せると、彼は張り合うように返してくる。

「私の方がもっと……もっと愛している。ミュリエッタ──」

愛している。

その声が胸の奥まで深く響いて痺れた。と、身体《からだ》の奥からわき起こった官能に呑《の》み込まれ、

浮き上がるような感覚に襲われる。

「あ、ぁあああぁぁっっ」

これまでにない大きな快感が背筋を突き抜け、ガクガクと腰が震えた。待ちこがれ、吸い込むように収縮する媚壁《びへき》の中で、彼の雄もまた弾ける。

「ミュリエッタ……！」

尻を強くつかんだ手の感触から、彼の絶頂をもまた感じ取る。その瞬間、ミュリエッタの胸はかつてない幸せに満たされた。

エピローグ

「イリュシアさまが聖巫女《せいみこ》を退かれるだなんて残念ですわ」

「ご幼少のときからもう十年以上も勤めていらっしゃるのですもの。遅すぎたくらいじゃないかしら？　普通の娘だったらとっくに婚期を逃しているわ。……あら、失礼」

「気にしなくて平気よ。ご結婚が決まってのご退位ですもの」

「お相手がセレクティオンさまとは盲点だったわ。確かにあの方、降るような縁談に見向きもされないから、おかしいと思っていたのよね」

「新しい聖巫女さまはどなたになるのかしら？」

「ミュリエッタさま、何かご存知ですか？」

「え……あ――っ……っ」

急に話しかけられて、ミュリエッタは手にしていた針をうっかり指に刺してしまう。かろうじて悲鳴はこらえたものの、痛みに涙目になった。

周りを囲む女性達は皆、礼儀正しく見なかったふりをしてくれている。すばやく布を取り出して血をぬぐう横で、一人の婦人が取りつくろうように口を開いた。

「ミュリエッタ様は舞がお得意とお聞きしましたから、お目にかかる前はどれほど元気なお方かと思っておりましたが、実際はとてもおとなしやかな方ですのね。わたくし、勘ちがいを恥ずかしく思いましたわ」

別の一人がすかさず話の穂を継ぐ。

「やはり神殿でお育ちになった生粋《きっすい》の巫女さまともなると、落ち着いていらっしゃるのですね。私の妹はミュリエッタ様と同じ年ですが、がさつで手を焼いておりますのよ」

ほほほほ……と品の良い、さざめくような笑いに、ミュリエッタは引きつった顔で応じた。

「あ、え……う、うふふふ……っ」

女性達が集まる王宮の一室で、ミュリエッタは慣れない刺繍《ししゅう》に精を出している。小さな木枠《きわく》に布を張り、糸で模様を描く作業は、正直なところ肩が凝《こ》ってしかたがない。

しかしここではそれが女の仕事だと言われれば、従うより他なかった。何しろずっと神殿で暮らしていたことから世事に疎《うと》いミュリエッタのために、彼女たちは王宮での習慣や作法《さほう》について色々と教えてくれるのだから。

王宮に滞在するようになると、ミュリエッタの元へ若い女性がひっきりなしに訪ねてくるようになった。貴族の身内、評議員の娘、富豪の妻……と、いわゆる宮廷に集《つど》う面々の身内である。

新しい国王専属の聖婚の乙女《おとめ》として王宮に入り、結婚も噂《うわさ》されているミュリエッタを、彼女たちは先を争うようにして取り巻いてくる。

(仲良くするのはともかく、あからさまな特別扱いとか社交辞令には慣れないのよね……)

彼女達と四六時中ずっと一緒にいるのは少々つらかった。

たまには一人で庭園を散歩したり、王宮を歩いて構造をきちんと把握《はあく》したり、舞の練習をして思いきり身体を動かしたい。……しかしそうできない事情があった。

(もぉぉ、エレクテウスってば！　あれだけやめてって言ったのに……っ)

例によって彼は、衣服に隠れるか隠れないかのギリギリのところに行為の痕をつけてくる。

おかげでまちがっても肌を見せる衣裳など着られない上に、普通の着方をしていても、つねに襟元《えりもと》や袖《そで》がまくれて見えてやしないかと気になってしまうのだ。

結果として、やることなすことがおしとやかになる。こうやって室内でちくちくと、苦手な針仕事に励《はげ》まざるを得ないのだった。

自分の家族や夫の衣裳となる布に、自らの手で刺繍をするのは上流階級の女性の役目である……らしい。いつ果てるともしれないおしゃべりの中、四苦八苦しながら針を運んでいたミュリエッタの耳に、その時、廊下《ろうか》の方からはなやかな女性の嬌声《きょうせい》が届いてくる。

なんとなく、ぴんときた。

「ちょっと失礼！」

周りにそう断って針と布を置くと、ミュリエッタは薄布の服がひらひらとひるがえるのも気にせず、大股《おおまた》に歩いて廊下に出ていく。はたして。

そこではエレクテウスが、王宮の女官達に囲まれ行く手を阻（はば）まれているところだった。

若くて見目麗《うるわ》しい新王は、女達のあこがれの的なのだ。ほんの一時たりとも気を抜いてはならないと、この数日で思い知っていた。

ミュリエッタはそのまま、ずんずんとエレクテウスのもとへと近づいていくと、敵勢を前にした戦士の面持《おもも》ちで一団の前に立ちはだかる。

「ごきげんよう、陛下」

突然、強い口調で丁寧《ていねい》な挨拶《あいさつ》をしたミュリエッタに、エレクテウスは目をしばたたかせた。

その内衣《キトン》は薄灰色。外衣《ヒマテイオン》は金糸で王家の紋章をあしらった、目もあやな葡萄《ぶどう》色である。さらに金の装飾品を身につけた姿は、白を基調とした神官の衣を身につけていた時とちがい、どこから見ても王族と呼ぶにふさわしい、贅沢《ぜいたく》で雅《みやび》やかな佇《たたず》まいだった。

「ミュリエッタ?」

やさしい呼びかけに弾みそうになる胸を押さえ、あえて毅然《きぜん》と応じる。

「わたくし、陛下にどうしてもお伝えしたいことがあって」

「伝えたいこと?」

皆の注視が集まっていることをよく確かめて、ミュリエッタはおもむろに自分の襟《まと》ぐりをぐっと開いてみせた。そこにはもちろん、うっ血の痕が点々とついている。

「昨夜はとてもステキでした。これから日が暮れるまで忘れずにすむよう、陛下の情熱的な所有の証《あかし》をもっと増やしていただきたいですわ！」

首元をさらしながらウフフ……と笑い、彼を取り囲む女官達をゆっくりと見まわしていく。

すると女官達は気圧《けお》されたようにもごもごと辞去の挨拶を述べて、彼の周りから退いていった。

エレクテウスが物言いたげにミュリエッタを見下ろす。ミュリエッタはその視線をまっすぐに受け止めた。

「わたしに男の人が近づくとこわい顔するくせに、自分は女の人に囲まれちゃって、いい身分ですこと！」

嫌みを言って、つん、と横を向く。

「まったく油断も隙《すき》もないんだから……っ」

と、エレクテウスはぷっと噴き出した。そのことに、ミュリエッタは頬《ほお》を紅潮させる。

「まじめに聞いて！　エレクテウスがもしまたこうやって女の人をはべらせたりしたら、わたしもかならず乗り込んでいって追い払うわ。そのうち、ヤキモチが可愛《かわい》いとか言っていられなくなるんだから！」

ぽんぽんと言葉を投げつけ、詰め寄っていくミュリエッタを、彼はしばらく腕を組んだままじぃっと見下ろしてきていた。しかし。

「聞いてるの⁉」

　こぶしをにぎって訊ねると、突然、しなやかな腕がのびてきて、さらうように抱き寄せられる。そして片手で頬を包まれ、上を向かされる。

「だからこの顔がかわいいというんだ」

　含み笑いで言って、彼はミュリエッタの肩口に顔をうずめる。

「ヤキモチを焼くこの顔見たさに女官達を呼んでしまいそうだ」

「だっ、ダメだったら……！　――ん……っ」

　首筋にくちびるを押し当てられ、強く吸い上げられて、ミュリエッタは甘い声をこぼした。

「痕を残すのは日が暮れるまでいいのか？」

「……そうよ」

　頬に触れる髪の毛の感触に、ミュリエッタは切ないほどの幸せを感じて目を閉じる。そのくちびるに彼のくちびるがふれた。

　淡いキスを繰り返し、見つめ合ううちに眼差《まなざ》しが熱にうるんでいく。

「だって……夜になったらまたつけてもらうもの」

　多少の恥じらいをこめて夜の訪《おとな》いを乞《こ》うくちびるに、恋人は優しいキスで応じてきた。

あとがき

こんにちは、あまおう紅《べに》です。このたびめでたく二冊目が刊行されることになりました～！　その『巫女は初恋にまどう　王に捧げる夜の蜜戯』。舞台は古代世界です。神殿娼婦《しょうふ》（聖娼）という習慣のあったギリシャの都市国家をイメージしています。いいですよね、神殿娼婦！　もうその言葉だけでご飯三杯いけちゃいます（え？）。

あと年の差！　あまおうはどSヒーローと同じくらい、年の差カップルが大好きなので、つまり今回も自分の萌えをがっつり詰め込んだ作品とあいなりました～。

ストーリーはといいますと、国王に最高の聖娼を捧げるべく、初恋の相手である神官に調教されちゃう巫女の話です。

さらに言えばそのヒーロー、毎回「あんなことして、こんなことして…」と頭の中で綿密に計画をたてて指南に臨《のぞ》むものの、ヒロイン・ミュリエッタの堪《こら》え性《しょう》のなさの前にことごとく企画倒れになっていくという残念な殿方《とのがた》です。にゃっほぅ！　めげずにがんばれ！　あと最中に真顔でおかしな命令するのもやめて！　書いてる方が残念な気分になってくるから！

それはさておき。

今作もヒーローはどSにしようと思ったのですが、どうも初期の段階でキャラクター設定をまちがえたらしく、基本的にエレクテウスはミュリエッタに甘いです。プロットには、「初めての時は、彼女の浅はかな行動に怒っているので、冷たい態度で攻めてくる」と書かれているのですが……、思っていたよりも彼がミュリエッタにひどいことができなくて、全然冷たくなりませんでした。ていうか最初から容赦《ようしゃ》なくラブラブイチャイチャラブラブイチャイチャ……！

何度も、ふんがーっっとパソコンをひっくり返したくなりました。

最終的に、前作のヒーローが鬼畜すぎたし、今回は甘いお兄さんでもまぁいっかー、と着地点を修正した次第です。次作はヒロインの気持ちとか都合とかまるで考えない、いけいけどSなヒーローという原点に敢然《かんぜん》と立ち戻ろうと思います（キリッ）。

イラストは、乙女《おとめ》系では初登場のカキネさんです。キャラララフをいただいたのですが、ミュリエッタのエロかわいい表情とか、エレクテウスの強烈な流し目に胸を撃ち抜かれました。完成が今から楽しみです！

最後になりましたが、書店に並ぶたくさんの作品の中から、この本をお手に取ってくださった皆様、本当にありがとうございました‼　またお会いできますように！

あまおう紅

※この作品はフィクションです。実在の人物・団体・事件などにはいっさい関係ありません。

シフォン文庫をお買い上げいただき、ありがとうございます。
ご意見・ご感想をお待ちしております。

◆──あて先──◆
〒101-8050　東京都千代田区一ツ橋2-5-10
集英社 シフォン文庫編集部 気付
あまおう紅先生／カキネ先生

巫女は初恋にまどう
王に捧げる夜の蜜戯

2012年12月31日　第1刷発行　　シフォン文庫

著　者　あまおう紅
発行者　鈴木晴彦
発行所　株式会社集英社
〒101-8050東京都千代田区一ツ橋2-5-10
電話 03-3230-6355（編集部）
03-3230-6393（販売部）
03-3230-6080（読者係）
印刷所　株式会社美松堂／中央精版印刷株式会社

※定価はカバーに表示してあります

ISBN 978-4-08-670016-0 C0193

「さぁ子猫ちゃん。かわいい声で鳴いてもらおうか」

あまおう紅《べに》
イラスト／四位広猫
シフォン文庫

ある秘密と決意を胸に、エフィは４年ぶりに王都へ戻ってきた。しかし盗賊と間違えられ、無実の罪で王太子に捕えられてしまう。口を割らないエフィに王太子の甘く淫らな取り調べが始まって…。

「もっとさわらせろよ、きみの大事なところ」

京極れな
イラスト／オオタケ
シフォン文庫

落馬して記憶を失ったシャルロット。夫を名乗るバルニエ伯爵のルイは、愛し合っていた記憶を取り戻すためか、執拗に愛撫を重ねてくる。戸惑いつつも彼を愛し始めたシャルロットだったが…!?